GrafiTäter & GrafiTote

Ard u.a.: Der Mörder kennt die Satzung nicht - Der Mörder würgt den Motor ab - Der Mörder bittet zum Diktat - Der Mörder kommt auf sanften Pfoten - Der Mörder kommt auf Krankenschein - Der Mörder bricht den Wanderstab - Der Mörder packt die Rute aus - Der Mörder schwänzt den Unterricht - Der Mörder zieht die Turnschuh an - Der Mörder bläst die Kerzen aus - Der Mörder ist immer der Gärtner • Die Meute von Hörde • *Leo P. Ard/Michael Illner:* Flotter Dreier - Gemischtes Doppel • *Leo P. Ard/ Reinhard Junge:* Der Witwenschüttler - Meine Niere, deine Niere - Die Waffen des Ekels - Das Ekel schlägt zurück - Bonner Roulette • *Dorothee Becker:* Mord verjährt nicht - Der rankende Tod • *Jacques Berndorf:* Eifel-Rallye - Eifel-Feuer - Eifel-Schnee - Eifel-Filz - Eifel-Gold - Eifel-Blues • *Horst Bieber:* Kaiserhof • *Horst Eckert:* Aufgeputscht - Bittere Delikatessen - Annas Erbe • *Christoph Güsken:* Schaumschlägers Ende - Bis dann, Schnüffler • *Harald Irnberger:* Ein Krokodil namens Wanda - Das Schweigen der Kurschatten - Geil - Stimmbruch - Richtfest • *Andreas Izquierdo:* Jede Menge Seife - Das Doppeldings - Der Saumord • *Annette Jäckel:* Talk • *Reinhard Junge/Leo P. Ard:* Das Ekel von Datteln • *Reinhard Junge:* Totes Kreuz - Klassenfahrt • *Jürgen Kehrer:* Das Schapdetten-Virus - Das Kappenstein-Projekt - Bären und Bullen - Spinozas Rache - Schuß und Gegenschuß - Wilsberg und die Wiedertäufer - Kein Fall für Wilsberg - Killer nach Leipzig - Gottesgemüse - In alter Freundschaft - Und die Toten läßt man ruhen • *Agnes Kottmann:* Tote streiken nicht • *Leenders/Bay/Leenders:* Clara! - Feine Milde - Jenseits von Uedem - Belsazars Ende - Königsschießen • *Fabian Lenk:* Schlaf, Kindlein, schlaf - Brandaktuell • *Hartwig Liedtke:* Scharfe Schnitte - Tod auf Rezept - Klinisch tot • *Heike Lischewski/Stefanie Berg:* Bananensplit • *Reiner Nikula:* Tödliches Schach - Ein Stückchen Hirn • *Theo Pointner:* Einer nach dem andern - Scheinheilige Samariter - Tore, Punkte, Doppelmord • *Werner Schmitz:* Mord in Echt - Nahtlos braun - Dienst nach Vorschuß - Auf Teufel komm raus • *Gabriella Wollenhaupt:* Grappa und die fantastischen Fünf - Killt Grappa! - Grappa und de
Grappa dreht durch - Grapp
Treibjagd - Grappas Versuchun

gra

az_krim1/0697.cdr5

Chemnitzer Str. 31, D-44139 Dortmund
Internet http://www.grafit.de
e-mail grafit@knipp.de

Umschlagfoto: Thomas Range
Druck und Bindearbeiten: Elsnerdruck, Berlin
ISBN 3-89425-205-7
1. 2. 3. 4. 5./99 98 97

Jürgen Kehrer

Das Schapdetten-Virus

Kriminalroman

grafit

Der Autor

Jürgen Kehrer wurde 1956 geboren. Er lebt und arbeitet als freiberuflicher Schriftsteller in Münster.

Das Schapdetten-Virus ist der neunte Krimi mit Georg Wilsberg. Seit 1990 läßt Kehrer den Privatdetektiv in der guten und weniger guten Gesellschaft der katholischen Bischofsstadt Münster schnüffeln. Bisher sind erschienen: *Und die Toten läßt man ruhen* (1990; vom ZDF verfilmt), *In alter Freundschaft* (1991; wird ebenfalls vom ZDF verfilmt), *Gottesgemüse* (1992), *Kein Fall für Wilsberg* (1993), *Wilsberg und die Wiedertäufer* (1994), *Schuß und Gegenschuß* (1995), *Bären und Bullen* (1996) und *Das Kappenstein-Projekt* (1997). Außerdem schrieb Jürgen Kehrer die Kriminalromane *Killer nach Leipzig* (1993) und *Spinozas Rache* (1995; alle Bücher bei GRAFIT) sowie Sachbücher über realen Mord und Totschlag in Münster vom 16. bis zum 20. Jahrhundert (*Mord in Münster*; *Schande von Münster*) und den historischen Kriminalroman *Mord im Friedenssaal*.

»Furcht vor euch und Schrecken sei bei allen Erdentieren, bei allen Himmelsvögeln, bei allem, was auf dem Erdboden kriecht, und bei allen Fischen des Meeres; in eure Hand sind sie gegeben.«

(Genesis)

Vorbemerkung

Es besteht kein Grund zur Beunruhigung. Dies ist nur ein Roman.

I

Alles hat seinen Rhythmus. Es gibt Biokurven und Mondzyklen, Tage, an denen einem überhaupt nichts gelingt, und Tage, an denen man garantiert Streit bekommt. Und es gibt Tage, an denen ein Säufer seine Ex-Frau verprügeln möchte.

Bei Norbert Weiduschat war es bald wieder so weit. Seit zwei Stunden hockte er in dem *Eichenstübchen* auf der anderen Straßenseite und soff sich die nötige Wut an. Weiduschat kam regelmäßig hierher, bevor er durch den Tunnel unter der Eisenbahnstrecke marschierte und dann nach rechts einbog, in das Siedlungsgebiet am Kappenberger Damm, wo er und seine Frau früher ein Einfamilienhaus bewohnt hatten. Seine Ex-Frau wohnte noch immer dort, zusammen mit den Kindern. Weiduschat hauste inzwischen in einem Ein-Zimmer-Apartment mit Koch- und Naßzelle auf der Hammer Straße. Die Unterhaltszahlungen erlaubten dem Versicherungsvertreter keine großen Sprünge.

Zweimal hatte Frau Weiduschat ihren Ex-Mann schon angezeigt, nachdem er vor dem Haus randaliert, Fenster eingeschlagen und, als sie ihm die Stirn bieten wollte, ihr dieselbe blutig geschlagen hatte. Weiduschat war verurteilt worden – wegen erheblich verminderter Schuldfähigkeit aufgrund übermäßigen Alkoholkonsums zu Geldstrafen und sozialer Arbeit. Außerdem war ihm auferlegt worden, sich vom Haus seiner Ex-Frau fernzuhalten.

Ein Verbot, das er häufig mißachtete. Allerdings wurde er nicht immer gewalttätig. Meistens begnügte er sich damit, die Blumen im Vorgarten zu zertrampeln und herumzubrüllen.

Frau Weiduschat hatte, was man ihr nicht verdenken konnte, auch davon die Nase voll. Sie war es leid, die

Kinder zu beruhigen, die Polizei anzurufen und zusehen zu müssen, wie die Polizisten den Tobenden einfingen und mittels sanftem Druck und gutem Zureden nach Hause führten. Sie wollte – das hatte sie zwar nicht offen gesagt, aber doch mehr oder weniger unverblümt angedeutet –, daß wir ihm eine gehörige Abreibung verpaßten, damit ihm die Besuche bei ihr endgültig vergällt wurden.

»Nun könnte er endlich kommen«, sagte Koslowski und starrte auf die leere Straße. Etwa hundert Meter hinter der Eisenbahnunterführung stand das Ortsschild von Münster, und danach kam nur noch eine Orchideenzucht und die Weite der Landschaft.

»Ja.« Ich streckte meine Glieder, soweit das in dem engen Auto möglich war. Jemanden zu observieren, der sich in einer Kneipe einen Rausch ansoff, gehörte zu den langweiligeren Seiten der Detektivarbeit. Koslowski und ich hatten ausführlich den letzten Bundesliga-Spieltag aufgearbeitet, anschließend hatten wir uns mit dem bevorstehenden Karriereende einiger deutscher Tennisstars beschäftigt. Aber fast zwangsläufig war uns irgendwann der Gesprächsstoff ausgegangen. Ich schaute auf meine Armbanduhr. Es war zwanzig nach zehn.

Das *Eichenstübchen* lebte von den Gewohnheitstrinkern des Viertels, Männern mit Bäuchen und abgetragenen Klamotten, die ihren Stammplatz an der Theke verteidigten, bis sie die notwendige Bettschwere erreicht hatten. Durch die buntverglasten Fenster sah man funzelige Deckenlampen, die das Elend in ein mildes Licht tauchten.

»Da ist er«, sagte ich.

Weiduschat schaute sich um, als suche er sein Auto. Doch dann nahm er den gewohnten Weg zum Tunnel.

Koslowski grunzte. Mein Partner sah nicht nur aus wie ein Kleiderschrank, er hatte auch genügend Kraft, um in *Schlüters Boxbude* auf dem Send jeden Preisboxer in Verlegenheit zu bringen. Bei *Security Check* gab es niemanden, der für körperliche Abschreckung geeigneter gewesen wäre.

Wir warteten, bis Weiduschat die Stichstraße der Siedlung erreicht hatte. Wenn er uns bemerkte, bevor er richtig losgelegt hatte, würde er sein Vorhaben vielleicht verschieben. Und das bedeutete weitere langweilige Abende.

Als ich den Wagen um die Ecke lenkte, stand Weiduschat vor dem Haus seiner Ex und starrte zur ersten Etage hinauf. Ich ließ den Wagen ausrollen und schaltete die Lampen aus. In einigen Häusern glomm bläuliches Fernsehlicht. Ansonsten war es still. Keine Menschenseele, mit Ausnahme von Weiduschat.

»Was macht der da?« fragte Koslowski.

Tatsächlich, einen Brüller und Tober hatte ich mir anders vorgestellt. Nahezu andächtig stand der Mann da, die Hände auf dem Rücken verschränkt, auf den Fußspitzen wippend. Fast schien es so, als warte er auf jemanden.

Plötzlich ging die Tür auf, und Frau Weiduschat, bekleidet mit einem rosaroten Bademantel, wurde in der hellen Öffnung sichtbar. Der Anblick riß ihren Verflossenen aus seiner Lethargie. Mit schnellen Bewegungen näherte er sich der Tür.

»Scheiße«, sagte Koslowski.

Blitzschnell waren wir aus dem Auto.

»Gehen Sie ins Haus!« schrie ich. Aber die Frau blieb wie hypnotisiert stehen. Jetzt war Weiduschat nur noch zwei Meter von ihr entfernt.

Koslowski nahm die Abkürzung über zwei Jägerzäune, ich sprintete den Bürgersteig entlang.

Weiduschat hatte sie erreicht, hob die Fäuste. Im nächsten Moment würde er zuschlagen.

Daß es nicht dazu kam, lag an Koslowski, der ihn einfach über den Haufen rannte. Mit der Wucht seiner hundertzehn Kilo rammte er den einen Kopf kleineren

Frauenquäler in das Geranienbeet. Bevor Weiduschat wußte, wie ihm geschah, hockte Koslowski schon über ihm und verpaßte ihm einen Faustschlag in den Magen.

Frau Weiduschat schrie auf.

»Es ist alles in Ordnung«, rief ich ihr atemlos zu. »Sie können völlig unbesorgt sein. Wir haben die Situation unter Kontrolle.«

Ein trockenes Klatschen, das eine gurgelnde Antworf hervorrief, bestätigte die Richtigkeit meiner Annahme.

»Idioten!« Ihr Gesicht verzerrte sich. »Was soll denn das? Seid ihr verrückt?«

Aus den Augenwinkeln sah ich, wie Weiduschat mit halbverdautem Bier die Geranien düngte.

»Er hat mich um Verzeihung gebeten. Ihr habt alles kaputt gemacht.«

»Was?«

Ihre Oberlippe zitterte, aus den Augen sprühte Wut. Zu spät bemerkte ich den spitzen schwarzen Schuh, der hochschnellte und mich zwischen den Beinen traf. Ein wahnsinniger Schmerz, der allein Männern vorbehalten ist, explodierte in meinem Körper und paralysierte mich. Ohne zu wissen, wie ich dort hingekommen war, lag ich neben Weiduschat. Außerdem befanden sich in meinem Blickfeld zwei nackte Beine und der Saum eines rosaroten Bademantels. Ich spürte zwar nichts, doch das knackende Geräusch, das der Tritt in meiner linken Brustseite verursachte, verhieß nichts Gutes. Durch eine dicke Watte aus Schmerz hörte ich eine Frauenstimme »Norbert, Norbert« jammern.

II

Eigentlich hätte ich ein paar Tage krankfeiern sollen. Die Rippe war zwar nicht gebrochen, sondern, wie eine Röntgenaufnahme ergab, nur angebrochen, trotzdem schmerzte meine ganze linke Seite, und mit dem engen

Verband, den man in der Uni-Klinik um meine Brust gewickelt hatte, fühlte ich mich wie eine halbfertige Mumie.

Auf der anderen Seite hatte Sigi Bach, die Chefin und Alleinbesitzerin der *Security Check GmbH,* für heute eine Betriebsversammlung angesetzt. Die Geschäfte der *Sec Check* liefen in letzter Zeit nicht besonders. Die Aufträge nahmen ab, viele Unternehmen sparten, wo sie nur konnten. Und da war es, bilanzmäßig gesehen, unter Umständen günstiger, einem Angestellten kleine Diebstähle durchgehen zu lassen als eine aufwendige detektivische Untersuchung zu finanzieren. Auch schien es die Leute immer weniger zu interessieren, was ihre Ehepartner trieben, wenn diese, soweit weiblich, angeblich nur mit einer Freundin im Kino waren, oder, männliche Variante, mit den Kumpels ein paar Biere schluckten. Entweder ein Ausdruck sinkender Moral oder mangelnder Zahlungsfähigkeit. Letztere wiederum bescherte uns den einzigen Geschäftsbereich, der Zuwächse zu verzeichnen hatte: Liquiditätsprüfungen und Suche nach versteckten Vermögenswerten. Gar mancher Bauunternehmer und Anwalt, der auf einer fünf- oder sechsstelligen Forderung saß, hätte zu gern von der verschwiegenen Ferienwohnung in Holland oder dem beim Onkel geparkten Luxusschlitten eines Schuldners erfahren.

Insgesamt aber waren die Aussichten trübe, und ich wollte die schlechten Nachrichten lieber aus erster Hand erfahren als mir zu Hause eine mittelschwere Depression einfangen. Also schleppte ich mich mit zusammengebissenen Zähnen zum Konferenzraum der *Sec Check* am Prinzipalmarkt.

Nach und nach trudelten rund zwanzig Detektivinnen und Detektive ein. Auch von den Außenstellen in Coesfeld, Burgsteinfurt und Borken waren die meisten der dort Beschäftigten angereist.

Die Stimmung war, wie nicht anders zu erwarten, ziemlich gedrückt. Hinter vorgehaltener Hand wurde von betriebsbedingten Kündigungen geredet. Natürlich fielen keine Namen, aber die skeptischen Blicke, mit denen mich einige Kollegen musterten, gaben mir zu denken.

Als Max von Liebstock-Blumenberg hereinhumpelte, verstummten die Gespräche. Bei einer mißglückten Aktion in einem Landbordell hatte er sich einen Beinschuß eingefangen, und seitdem trug er eine Prothese. Da er sich im Außendienst sowieso als Niete erwiesen hatte, war es kein großer Verlust, daß er sich jetzt nur noch um Finanzen und Organisation kümmerte.

Der zwergenwüchsige Adelige nahm am Kopfende des Tisches Platz und entnahm einer eleganten schwarzen Aktentasche einen Stapel Papiere, den er vor sich aufschichtete. Max war die rechte Hand von Sigi, die, zu meinem Leidwesen, große Stücke auf den graduierten Betriebswirt hielt.

Kurz darauf rauschte Sigi Bach herein. Obwohl sie seit einigen Jahren auf die Vierzig zuging, sah sie immer noch ausgesprochen gut aus. Immerhin verbrachte sie eine Menge Zeit auf der Sonnenbank, sonst hätte das schlichte schwarze Kleid, das sie trug, nicht so blendend mit der gebräunten Haut harmoniert.

»Einen schönen guten Morgen«, sie ließ ihren Blick in die Runde schweifen, »bevor ich zum hauptsächlichen Anlaß unseres Treffens komme, muß ich leider ein Ereignis des gestrigen Abends erwähnen.«

Ich setzte mich aufrechter hin.

»Georg und Hjalmar, was habt ihr euch eigentlich dabei gedacht, diesen Weiduschat krankenhausreif zu schlagen?«

Koslowski zog den Kopf zwischen die Schultern. »Ich dachte, sie, ich meine Frau Weiduschat, hat das so gewollt.«

»Außerdem«, beeilte ich mich hinzuzufügen, »sah es

für uns so aus, als würde Herr Weiduschat eine bedrohliche Haltung einnehmen. Um unsere Mandantin zu schützen, mußten wir improvisieren.«

»Soso, improvisieren.« Sigi funkelte uns durch ihre Fensterglasbrille wütend an. »Heute morgen habe ich einen Anruf von Weiduschats Anwalt erhalten. *Sein* Mandant liegt noch im Krankenhaus, mit diversen Prellungen und Blutergüssen sowie einem angebrochenen Nasenbein. Ich muß wohl nicht extra erwähnen, daß da eine saftige Schadensersatzklage auf uns zukommt. Ganz abgesehen davon, daß wir das Honorar von *Frau* Weiduschat in den Wind schreiben können.«

»Sind wir nicht gegen sowas versichert?« fragte ich schüchtern. »Durch die Berufsvereinigung?«

»Natürlich können wir Rechtsschutz in Anspruch nehmen«, sagte Sigi kalt. »Unabhängig von den finanziellen Fragen ist für mich viel gravierender, welchen Imageschaden wir durch diese Aktion davontragen. Ich möchte nicht, daß *Security Check* in den Ruf gerät, wildgewordene Schläger zu beschäftigen.« Sie wendete ihren hübsch frisierten Kopf in meine Richtung. »Gerade von dir, Georg, hätte ich mehr Einfühlungsvermögen in die Situation erwartet.«

»Ihr habt euch ohne Ende blamiert«, setzte Liebstock-Blumenberg überflüssigerweise hinzu. Er kam sich besonders cool vor, wenn er diesen Spachmüll absonderte.

»Was ist eigentlich mit dem Schaden, den *ich* davongetragen habe?« entgegnete ich. »Durch mehrere Fußtritte hat Frau Weiduschat meine Fortpflanzungsfähigkeit aufs Spiel gesetzt und mir außerdem eine Rippe angebrochen. Ich könnte mit ihrem Alki-Ex-Mann das Krankenhauszimmer teilen, wenn mich die verdammte Pflicht nicht hierher geprügelt hätte.«

Eine junge, sommersprossige Kollegin aus der Coesfelder Filiale kicherte.

»Und das ist überhaupt nicht witzig«, blaffte ich hinüber.

Die Sommersprossen verschwanden in einem satten Rosa.

»Na und?« konterte die Chefin. »Frau Weiduschat hat offensichtlich in Notwehr gehandelt. Ihr Mann hatte sein Erscheinen telefonisch angekündigt. Er beabsichtigte, den Streit beizulegen und um Verzeihung zu bitten. Und kaum steht er vor ihr, wird er von zwei brutalen Gestalten überfallen. Jeder Richter wird verstehen, daß die arme Frau ihren Mann retten wollte. Tut mir leid, Georg, du hast null Anspruch auf gar nichts. Wärt ihr beiden nicht langjährige, verdiente Mitarbeiter ...« Sie ließ den Satz in der Schwebe. »Nun, beim Tagesordnungspunkt zwei kommen wir noch auf Konsequenzen zu sprechen.« Sie räusperte sich. »Womit wir beim Hauptthema des heutigen Vormittags wären. Wie ihr alle wißt oder doch zumindest vermuten konntet, ist die Geschäftsentwicklung nicht gerade positiv. Max, bitte!«

Der Blaublütige verteilte die Papiere und rasselte Zahlenkolonnen herunter, Jahresbilanzen, Erlöse, Gewinne vor und nach Steuer, Entwicklungen der nachgefragten Dienstleistungen, diversifiziert und akkumuliert. Am Ende waren wir nicht schlauer als vorher.

»Und das heißt?« fragte ein vorwitziger Milchbart.

»Das heißt«, sagte Max mit wichtiger Stimme, »daß es nicht so weitergehen kann wie bisher.«

Betretenes Schweigen in der Runde.

»Das war die schlechte Nachricht«, verkündete Sigi. »Jetzt kommt die gute. Vor die Alternative gestellt, entweder radikal die Kosten zu senken und einen Teil der Belegschaft zu entlassen oder neue Wege zu gehen, haben wir uns für die zweite Möglichkeit entschieden.« Sie machte eine Pause. »Ich weiß, daß einigen von euch die Sache nicht schmecken wird. Aber es steht jedem frei, zu kündigen und sich einen neuen Job zu suchen.«

Das Niesen eines heuschnupfengeplagten Kollegen klang in der Stille wie der Lockruf eines Elefantenbullen.

»Ich habe beschlossen«, fuhr Sigi fort, wobei ich registrierte, daß sie vom Plural in den Singular wechselte, »den Gebäudeschutz als neue Geschäftssparte in unser Dienstleistungsangebot aufzunehmen.« Mit einer Handbewegung stoppte sie das aufkommende Gemurmel. »Ausschlaggebend war, daß ich über einen befreundeten Geschäftsmann an einen lukrativen, langfristigen Auftrag herankommen konnte. Es handelt sich um ein Gelände bei Schapdetten, das ist ein Dorf in der Nähe von Nottuln im Kreis Coesfeld. Wir haben die Aufgabe, den Komplex gegen Eindringlinge abzusichern. Es wird rund um die Uhr in Schichten gearbeitet.« Sigi holte Luft.

Von mehreren Ecken des Tisches kam halblauter Protest.

»Ich bin Detektiv und nicht Nachtwächter«, maulte Michalke, ein in Ehren ergrauter Schnüffler, der früher mal eine eigene Agentur besessen hatte.

»Gilt das auch für Frauen?« fragte die Coesfelder Jungdetektivin.

»Wir in Borken sind viel zu weit von Nottuln entfernt«, meckerte ein anderer.

Sigi nickte. »Zunächst werden die Mitarbeiter aus Münster und Coesfeld eingesetzt. Max kümmert sich um die Schichteneinteilung. Körperliche Voraussetzungen und die Entbehrlichkeit der Kollegen in unseren klassischen Aufgabengebieten sind Kriterien, die Berücksichtigung finden. Denn selbstverständlich werden wir weiterhin als Detektei auf dem Markt sein.« Sigi lächelte großmütig. »Mir ist klar, daß ich euch einiges abverlange. Ihr könnt mir ruhig glauben, daß mir die Entscheidung nicht leicht gefallen ist. Ich hänge mit Herz und Seele an der Detektiv-Agentur. Nicht um alles in der Welt möchte ich Chefin eines reinen Wachdienstes sein. Aber ich denke, daß es sich nur um eine vorübergehende Umstellung handelt. Sobald sich die Auftragslage in unseren traditionellen Feldern, Versicherungsbetrug, familiäre Überwachung und so weiter, erholt, werde ich für den Wachdienst zusätzliche Aushilfskräfte einstellen, und ihr könnt wieder eurer eigentlichen Arbeit nachgehen.«

»Müssen wir Uniform tragen?« fragte der Milchbart.

»Wie steht's mit der Bekleidung?« wandte sich Sigi an ihren anderthalbbeinigen Organisationschef.

»Wir haben zwanzig schwarze Uniformen, komplett mit Hemd, in verschiedenen Größen geordert«, meldete Liebstock-Blumenberg.

Der verletzte Berufsstolz machte sich in einem gemeinsamen Stöhnen Luft. Schwarze Uniformen! Hatten wir nicht stets mit Verachtung auf die schwarzen Sheriffs herabgeblickt?

»Es ist okay, wenn ihr bei Temperaturen über fünfundzwanzig Grad die Uniformjacken auszieht«, gab sich Max aufreizend großzügig. »Auf dem Firmengelände dürft ihr offen Schußwaffen tragen. Ich betone: auf dem Firmengelände. Bei den Hin- und Rückfahrten sind die Pistolen im Handschuhfach einzuschließen.«

Ich hob meine Hand, und Sigi nickte mir zu.

»Eine Frage: Bis jetzt hast du nur von *Gelände* und *Gebäude* gesprochen. Was ist eigentlich so wertvoll an oder in diesem Schapdettener Areal, das einen Wachdienst notwendig macht?«

»Nun, es handelt sich ...« Sigi druckste herum. »Es ist eine Unterkunft – oder sagt man Stall? Jedenfalls sollt ihr Käfige mit Affen bewachen.«

»Affen? Hast du Affen gesagt?«

»Die Affen an sich sind nicht wertvoll«, referierte Max, der die Verlegenheit seiner Chefin mitbekommen hatte. »Es geht darum, daß Teile der Bevölkerung sensibel auf einige Aspekte der modernen Tierforschung reagieren. Kurz gesagt, die Firma *Arilson,* die das Affenhaus unterhält, befürchtet Anschläge von sogenannten Tierfreunden.«

»Was für Anschläge denn?« fragte einer.

»Alle möglichen Arten von Anschlägen. Denkbar sind Beschädigungen der Zäune, Schmierereien, Würfe mit Farbbeuteln oder Molotowcocktails. Schlimmstenfalls – auch das ist in der Vergangenheit vorgekommen – könnten radikalisierte Fanatiker versuchen, Tiere zu entführen.«

»Und was machen wir bei einer solchen Attacke?« erkundigte ich mich. »Sollen wir die Angreifer erschießen?«

»Spar dir deinen Zynismus, Georg!« wies mich Max zurecht. »Eure Aufgabe besteht darin, die Außenanlagen zu sichern. Personen, die sich in der Nähe der Zäune aufhalten, sind aufzufordern, sich zu entfernen. Bei einem gewaltsamen Angriff verständigt ihr sofort die Polizei. Die Pistolen dienen ausschließlich zur Selbstverteidigung. Also bitte nur in Notwehr schießen! Sonst noch Fragen?«

»Wann geht der Job los?« fragte Koslowski, der mehr in praktischen Kategorien dachte.

»Gut, daß du darauf zu sprechen kommst, Hjalmar«, antwortete der kümmerliche Adelssproß. »Unser Einsatz beginnt heute abend um achtzehn Uhr. Ich dachte, daß du zusammen mit Wilsberg die ersten fünf Nachtschichten übernimmst. Damit könnt ihr euch für das Desaster von gestern abend rehabilitieren.«

»Habilitieren?« fragte Koslowski.

»Einspruch«, sagte ich. »Aufgrund meiner Verletzungen bin ich körperlich nicht voll einsatzbereit. Ich möchte ein paar Tage Freizeitausgleich beantragen.«

»Abgelehnt«, sagte Sigi. »Ich wüßte nicht, daß dir noch irgendwelcher Freizeitausgleich zusteht.«

Auf der Promenade führten Tierbesitzer ihre Hunde, Schlangen und Warane spazieren. Inline-Skater und Fahrradfahrer verursachten Verkehrsstaus. Vor jeder Kneipe, Imbißbude und Eisdiele standen ein paar Tische und Stühle auf dem Bürgersteig. Alle verfügbaren Hinterhöfe und Garagenvorplätze hießen jetzt Biergarten. Greise und Teenies trugen nur noch die allernotwendigsten Kleidungsstücke. Münster war, ähnlich wie Castrop-Rauxel oder Herne-Eickel, im Frühsommer am schönsten.

Besonders ausgeprägt war das südländische Lebensgefühl im Kreuzviertel. Hier lebte die Toskana-Fraktion der münsterschen Bevölkerung: Studienräte, Ärzte, Richter und ihre zeitweiligen Lebensgefährten. Rund um die Kreuzkirche bestellte man den Cappuccino und die *Spaghetti alla vongole* in fließendem Italienisch, auch wenn die Kellner in den Pizzerien und Osterias meist aus Kroatien oder Griechenland stammten.

Im Moment konnte mich der Flair meiner engeren Wahlheimat wenig erfreuen. Meinen desillusionierten Gesichtsausdruck hinter einer Sonnenbrille versteckend, schlurfte ich an der eiskaffeetrinkenden Halbtagsschikkeria vorbei. Nüchtern betrachtet, und seit dem Ende der Betriebsversammlung betrachtete ich meine Situation *sehr* nüchtern, befand ich mich an einem Tiefpunkt meiner Karriere. Vom ehrgeizigen Rechtsanwalt zum Nachtwächter, vom selbstbewußten Besitzer eines Briefmarkenladens und Second-Hand-Kaufhauses zum devoten Befehlsempfänger, der um einen Tag Erholung bettelt – das mußte mir erst mal jemand nachmachen.

Ich verspürte große Lust, den Job zu schmeißen, einfach zu kündigen. Noch einmal ganz von vorne anzufangen, als Kaufhausdetektiv oder Inhaber einer eigenen, kleinen Agentur. Sobald ich den Kopf frei und ein bißchen Luft auf dem Konto hatte, würde ich konkretere Pläne entwerfen. Vielleicht ließ sich Koslowski überreden, bei mir einzusteigen. Mit dem blonden Hünen an meiner Seite konnte ich auch heiklere Aufträge übernehmen, überfällige Rechnungen eintreiben, zum Beispiel, oder säumigen Ratenzahlern die Videorecorder und Autos wieder abnehmen, Jobs, vor denen sich die meisten meiner Berufskollegen drückten.

Meine Wohnung lag etwas abseits vom Kreuzviertel-Kiez, in einer ruhigen Nebenstraße. Ich hatte sie zusammen mit Imke gemietet, meiner inzwischen rechtmäßig von mir geschiedenen Ehefrau. Imke und unsere Tochter Sarah lebten jetzt bei ihren Eltern in Ascheberg, und da ich mir allein keine vier Zimmer in bester Wohnlage leisten konnte, hatte ich ein Zimmer an einen Studenten untervermietet.

Ächzend schleppte ich mich die Haustreppe hinauf. Langsam machte mir auch das Alter zu schaffen. Früher hatte ich kleinere Blessuren leichter weggesteckt.

Ich schloß die Wohnungstür auf. Drinnen war es ruhig. Im Leben meines Untermieters hatte sich ein einschneidender Wandel vollzogen, als sein Vater ihm die Übernahme der familieneigenen Fensterrahmenfabrik im heimischen Seppenrade angeboten hatte. Vorbei die vor- und nachmittäglichen Orgien, vorbei aller Müßiggang und alle Faulenzerei. Jan war monogam geworden, wechselte von Pädagogik zu Betriebswirtschaft, kleidete sich nicht mehr im Stil der späten Flower-Power-Zeit, sondern wie ein Handy-Halter auf Kundenfang. Mit anderen Worten: Er hatte sich zu einem elenden Streber entwickelt.

Ich ging in die Küche, um mir ein Butterbrot zu schmieren.

Die Margarinedose war neu, und ich entfernte die Alufolie. Dann überlegte ich, ob der grüne Punkt auch für die Folie galt oder nur für die äußere Schachtel. Vor einigen Monaten hatte uns die strikte Mülltrennung erreicht: Biotonne, Papiertonne, Restmülltonne und gelber Sack. Anfangs nahmen wir die Sache nicht so ernst, aber Frau Gerstenkamp, die in der Wohnung unten links wohnte, erwischte uns ein paarmal, wie wir Recycling-Verpackungen in die Restmülltonne werfen wollten. Ich hatte sie sogar im Verdacht, daß sie nachts die Mülltonnen inspizierte.

»Hallo Georg!« Jan zeigte sich in der Küchentür. Er

trug einen leicht verknitterten Leinenanzug und ein Hawaiihemd.

»Sag mal: Gehört die Alufolie der Margarinedose in den gelben Sack oder in den Restmüll?«

»Ich denke, der grüne Punkt gilt auch für die Folie. Aber wenn du dir nicht sicher bist, schau doch mal im Verzeichnis der Stadtwerke nach! Es liegt im Küchenschrank.«

»Danke.«

»Ich geh zur Uni.« Er wollte sich schon abwenden, da fiel ihm noch etwas ein: »Ach, übrigens, deine Ex hat angerufen. Du sollst sie zurückrufen. Es ist irgendwas mit Sarah.«

Die Erwähnung des Namens versetzte mir einen kleinen Stich. Bei der Scheidung hatte ich zwar ein dauerhaftes Besuchsrecht erkämpft, doch die zunehmende Entfremdung zwischen mir und meiner Tochter war nicht zu übersehen.

Imke war nicht da.

Hubert, ihr Vater, behauptete, nichts Näheres zu wissen. An seiner Stimme hörte ich, daß er sehr wohl Bescheid wußte, sich aber wieder mal drückte. Ich erzählte ihm, daß ich nur bis siebzehn Uhr zu erreichen sei, weil ich in der Nacht arbeiten müsse.

»Auf Leitern steigen, um Fotos von irgendwelchem intimen Schweinkram zu machen?«

»Nein, Hubert, neuerdings benutze ich einen Hebekran.«

Seine Stimme wurde einen Ton schriller: »Nennen Sie mich bitte nicht Hubert! Wir sind nicht mehr verwandt.«

Der alte Sack.

III

»Was hältst du davon?« fragte ich Koslowski.

»Na ja«, brummte der Hüne, der mindestens einen Kopf größer und zwei Oberarme breiter war als Arnold Schwarzenegger. »Du hast schon einiges in den Sand gesetzt.«

»Ich habe aus meinen Fehlern gelernt. Diesmal wird es klappen.«

»Ein bißchen stinkt es mir tatsächlich, als Nachtwächter Runden zu laufen.«

»Du bist also dabei?«

»Frag mich, wenn es soweit ist! Aber«, er pikste seinen Finger in meine Brust, »du trägst das Risiko allein. Ich bürge für nichts. Ich möchte hinterher nicht den Arsch voller Schulden haben.«

Ich lächelte. Es ging wieder aufwärts. Lebensplanungsmäßig gesehen.

Die Straße blieb dagegen flach, wie die meisten im Münsterland. Wir hatten Roxel hinter uns gelassen und fuhren Richtung Nottuln. Abseits der Landstraße lagen ein paar große Bauernhöfe. Bei den Schweinemästern liefen die Geschäfte ausgezeichnet, seit die Leute aus Angst vor dem Rinderwahnsinn wieder zum Schweinekotelett griffen. Getreide- und Rapsfelder wechselten sich mit Weiden ab, vereinzelte Bäume lockerten das Gesamtbild auf, rechts schimmerte bläulich die Hügelkette der Baumberge.

»Schapdetten«, sagte Koslowski, »da erinnere ich mich an einen Fall, mit dem ich als Polizist zu tun hatte.« Er kicherte. »Ein verdammt komischer Mord. Genauer gesagt, zwei Morde und ein versuchter.«

Ich warf ihm einen skeptischen Blick zu. »Klingt nicht sehr witzig.«

»Wart's ab! Es begann mit einem Schützenfest. In

Schapdetten. Wie das so ist, bei den Schützenfesten auf dem Land, wird tagelang durchgesoffen. Und auch sonst passiert einiges. Ein junger Mann und eine junge Frau treiben es auf dem Rücksitz seines Autos. Hinterher kann er sich nicht mehr an allzu viel erinnern. Er weiß nur, daß sie aus einem Dorf in der Gegend stammt. Aber da er nichts mehr von ihr hört, vergißt er die Geschichte.

Zwölf Monate später kriegt er einen Brief. Drin liegt das Foto eines ungefähr drei Monate alten Babys. Die Frau schreibt, daß er Vater geworden sei und von nun an monatlich zu zahlen habe. Du kannst dir vorstellen, daß der Typ das nicht gut findet. Richtig sauer ist er auf die Frau. Ja, er entwickelt so eine Stinkwut, daß er beschließt, das Baby umzubringen. Im Supermarkt kauft er ein Fläschchen Alete, mischt Rattengift hinein und schickt die Giftbombe der Mutter, mit besten Grüßen selbstverständlich.

Als das Päckchen eintrifft, ist die Mutter nicht zu Hause. Ihre zwanzigjährige Schwester paßt auf das Baby auf, und fürsorglich wie sie ist, probiert sie die Babynahrung erst einmal selbst. Dummerweise findet sie die Mischung so lecker, daß sie das Fläschchen gänzlich auslöffelt. Anschließend fällt sie tot um. Später wird ein Arzt gerufen, er betrachtet die Leiche des bis dahin kerngesunden Mädchens, kann keine äußeren Verletzungen feststellen und attestiert eine natürliche Todesursache. Eine Autopsie wird nicht durchgeführt, die Leiche der jungen Frau beerdigt.

Der ungewollte Vater erfährt von seinem Mißgeschick. Aber das spornt ihn nur dazu an, einen erneuten Versuch zu wagen. Diesmal nimmt die Oma des Babys das Päckchen an, und wieder geht der Fütterung ein Testlöffel voraus. Auch die Oma fällt um, allerdings ist die Vergiftung nicht so schwerwiegend, und sie kann im Krankenhaus gerettet werden. Zum Glück hat das Baby nie einen Löffel abbekommen. Und da der junge

Schützenbruder nicht vergessen hat, seine Adresse auf die Päckchen zu schreiben, fällt es uns nicht schwer, den Täter zu überführen. Die Leiche der Tante wird exhumiert, und die Anklage um Mord erweitert. Rein routinemäßig lassen wir auch die Vaterschaft überprüfen.« Koslowski grinste. »Was meinst du, was dabei herausgekommen ist?«

»Er war gar nicht der Vater«, riet ich.

»Richtig. Die Kindsmutter hatte zu mehreren Männern Kontakt. Doch als wir ihm die freudige Nachricht überbringen wollen, ist er tot. Ein Mithäftling hat ihn just an dem Tag umgebracht. Die dumme Nuß hatte herum erzählt, weshalb er im Knast saß. Und Knackis reagieren manchmal sehr emotional, wenn es um Kinderschänder oder Kindermörder geht. Ja«, Koslowski lehnte sich behaglich zurück. »So ist das bei Schützenfesten in Schapdetten.«

»Beruhigend zu wissen«, sagte ich. »Bodenständige Leute mit bodenständigen Problemen.«

Wir erreichten die Ausläufer der Baumberge. Dereinst, nach Klimakatastrophen und dem Abschmelzen der Pole, würde die Nordsee hier ihren ersten ernsthaften Widerstand finden. Von Münster aus bräuchten wir dann nur fünfzehn Kilometer bis zum Strand.

Hinter dem Hügel lag Schapdetten. Die Bevölkerung des Dorfes hatte sich in den letzten zwanzig Jahren vermutlich verzehnfacht. Hier waren die Grundstückspreise noch erschwinglich, und so wucherten die Einfamilienhaussiedlungen wie Schimmelpilze auf einem vergessenen Marmeladenbrot. In der jüngsten Siedlung spielten Kinder auf Lehmhaufen zwischen mehr oder weniger fertigen Neubauten.

»Und jetzt?« fragte ich.

»Da!« Mein Beifahrer zeigte auf ein weißes Schild mit der Aufschrift *Gewerbegebiet*.

Es handelte sich gleichzeitig um die Abzweigung nach Appelhülsen. Ein paar hundert Meter weiter kamen wir an zwei großen weißen Hallen vorbei. Die zweite Halle war die richtige. Sie war von hohen Zäunen und, für den Fachmann erkennbar, allerlei elektronischem Schnickschnack umgeben. Auch trug sie keine knalligen Werbeaufschriften, am kasernenähnlichen Eingangstor befand sich lediglich eine dezente Tafel, die man leicht übersehen konnte. Darauf stand: *Arilson Primatenstation*.

Herr Hillen, der Chef der Tierpfleger, war eine joviale Kugelgestalt, die in dem gequetschten, kehligen Tonfall des eingeborenen Kölners redete. Aus irgendeinem unerfindlichen Grund hatte es den Rheinländer ins Münsterland verschlagen, doch er schien darüber nicht unglücklich zu sein.

»Ohne Kavallerie kamen wir uns in unserem Fort richtig hilflos vor«, strahlte er uns an. »Gott sei Dank haben die Indianer nicht angegriffen. Kommen Sie, ich zeige Ihnen die Affen.«

Die Halle bestand aus fünf Käfigräumen, in denen jeweils rund zwanzig Affen untergebracht waren, einem langen Flur, mehreren Lagerräumen sowie einem kleinen Verwaltungstrakt, in dem sich auch der Aufenthaltsraum und die Teeküche der Tierpfleger befanden.

Hillen öffnete die Tür zum Affenraum A. Drinnen herrschten mindestens fünfundzwanzig Grad und Ruhe. Eine mickrige Funzel sorgte für Dämmerlicht. Es stank intensiv nach Kot und Dschungel.

»Die haben ihr Abendessen schon verputzt«, sagte Hillen mit gedämpfter Stimme. »Normalerweise ist jetzt Nachtruhe angesagt.«

Einige Affen lagen unbeteiligt in ihren Käfigen, andere kamen zum Gitter gehüpft und beobachteten uns aufmerksam. Kleine Gestalten mit dichtem weißen Pelz und greisenhaften, haarlosen Gesichtern, in denen schwarze Augen glühten.

»Das sind Kapuzineraffen«, erzählte der Tierpfleger.

»Genauer gesagt: Weißschulter-Kapuziner, weil sie an Kopf, Brust und Schultern weiß behaart sind. Kapuziner heißen sie wegen dieses eigentümlichen Haarwuchses am Kopf, der aussieht wie eine Kapuze. Ihr natürlicher Lebensraum ist Mittelamerika. Sie sind sehr geschickt im Laufen, Klettern und Springen. Ernähren sich von Kleintieren und Früchten. Sehen Sie den unheimlich langen, eingerollten Schwanz? Damit können sie balancieren, steuern und auch greifen. Recht intelligente und gesellige Kerlchen, die in den Bäumen des Regenwaldes leben. Früher waren sie bei Schaustellern und Zirkusleuten beliebt, weil sie leicht zähmbar und gelehrig sind. Andererseits haben sie auch eine unangenehme Eigenschaft, sie beschmieren sich nämlich gerne mit ihren eigenen Exkrementen.«

»Was geschieht eigentlich mit ihnen?« fragte ich. »Ich meine, zu welchem Zweck werden sie nach Deutschland importiert?«

»Wir haben verschiedene Abnehmer: Universitäten, Forschungseinrichtungen, Pharma-Konzerne.«

»Und was genau ...«

Hillen wurde ernst. »Ich weiß es nicht, und ich will's auch gar nicht wissen. Und selbst wenn ich es wüßte, würde ich es Ihnen nicht verraten.«

»Dann bringt man ihnen wohl nicht das Einmaleins bei oder läßt sie den Geschmack von verschiedenen Bananen testen?«

»Nein. Bestimmt nicht.«

Vereinzeltes Schnattern steigerte sich zu einem kakophonen Gesang.

»Gehen wir«, entschied Hillen. »Sonst machen wir noch alle munter.«

Der Rundgang endete im Wachbüro. Auf fünf Monitoren hatte man fast die gesamte Außenfläche im Blick. Im Moment standen nur zwei PKW auf dem Parkplatz.

»Die Aufnahmen werden vierundzwanzig Stunden gespeichert«, erläuterte Hillen. »Zwecks Identifizierung möglicher Eindringlinge. Die Kassetten sind gegen Diebstahl gesichert. Außerdem gibt es Sensoren an den Zäunen. Hier«, er zeigte auf ein mischpultähnliches Gerät, an dessen Kopfende sich ein Modell des Gebäudekomplexes befand, »können Sie erkennen, wo die Berührung erfolgt. Im entsprechenden Abschnitt leuchtet ein Lämpchen auf. Meistens handelt es sich um Kleintiere, Kaninchen, Ratten, Mäuse, die zufällig gegen den Zaun stoßen. Dann drücken Sie die Deaktivierungstaste. Ist es aber ein Mensch, der am Zaun rüttelt oder anderen Unfug treibt, haben Sie zwei Möglichkeiten. Erstens: Sie schalten die Außenlautsprecher ein. So. Und fordern ihn über dieses Mikrophon auf, sich schleunigst zu entfernen. Zweitens«, der Tierpfleger zog einen Hebel herunter, »können Sie ihm einen Stromstoß versetzen, variabel von fünf bis fünfzig Volt. Das ist zwar nicht gesundheitsgefährdend, aber ich möchte den sehen, der das lange aushält. Die Firma legt Wert darauf, daß Sie die Reihenfolge beachten: zuerst die Lautsprecherdurchsage, dann der Stromstoß. Wir wollen ja keinen unnötigen Ärger.«

»Wunderbar«, sagte ich. »Wie oft haben Sie die Folteranlage schon zum Einsatz gebracht?«

»Bis jetzt überhaupt noch nicht.«

»Noch nie irgendwelche Probleme gehabt?« erkundigte sich Koslowski.

»Am Anfang schon.« Hillen strich sich über das stoppelige Kinn. »Die Schapdettener waren nicht gerade begeistert, als sie erfuhren, was wir hier machen. Es gab Flugblätter und zwei oder drei Sitzdemos vor dem Tor. Aber mit der Zeit haben sie sich daran gewöhnt.« Er schaute auf seine Armbanduhr. »So, das wäre fast alles. Im Prinzip könnten Sie die ganze Nacht hier sitzen und Fernsehen gucken. Um zu verhindern, daß Sie dabei einschlafen, hat sich die Firma eine kleine Erschwernis ausgedacht.« Er zog eine bedruckte DIN-A-4-Seite aus der Tasche und legte sie auf das Pult. »Das ist der Kontrollgangplan. Er ändert sich täglich und wird vom Computer mit einem Zufallsprogramm entworfen. Auf diese Weise wird verhindert, daß böse Buben durch Beobachtung herausfinden, wann Sie erscheinen. Sollte ihnen das Unmögliche gelingen, nämlich ohne Berührung über den Zaun zu kommen.«

»Scheint fast so, als ob der Goldkeller der Bundesbank leichter zu knacken sei«, sagte ich.

»Zumindest vom Finanzminster.« Hillen lachte. »Kommen Sie, ich zeige Ihnen noch die Kontrolluhren! Und dann nehme ich meinen verdienten Feierabend.«

Während wir die Strecke abliefen, fragte ich, warum sich *Arilson* von unseren Vorgängern getrennt habe.

Der Tierpfleger blinzelte, bevor er antwortete. »Es gab ein paar Unregelmäßigkeiten. Alkohol war im Spiel, da ist schon mal was zu Bruch gegangen. Und einer der Burschen hat sich an einem Affen vergriffen.«

Ich schaute zu Koslowski. Aber das Gesicht meines Partners blieb ausdruckslos.

Zehn Minuten später verfolgten wir auf den Monitoren, wie Hillen in seinem Auto das Firmengelände verließ. Dann waren wir allein mit hundert Affen.

Wie vorauszusehen, gestaltete sich die Arbeit nicht sehr aufregend. Wir drehten unsere Runden, starrten auf die Monitore, die immer denselben Film zeigten. Koslowski packte ein gewaltiges Butterbrotpaket aus und gab mir ein Leberwurstbrot ab, weil ich vergessen hatte, daß Nachtdienst nicht nur müde, sondern auch hungrig macht. Als Höhepunkt des Unterhaltungsprogramms gab es im Aufenthaltsraum der Tierpfleger zwei Getränkeautomaten, an denen wir uns gelegentlich eine Cola oder einen Kaffee zogen.

Fast zwangsläufig, um nicht einzuschlafen, kamen wir auf Persönliches zu sprechen. Ich erzählte von meiner gescheiterten Ehe und dem angespannten Vater-Tochter-Verhältnis. Dann zog ich ein Foto von Sarah aus dem Portemonnaie, und Koslowski nahm es in seine Pranke.

»Nettes Kind«, sagte er, nachdem er das Foto drei Sekunden betrachtet hatte.

»Ja. finde ich auch.« Ich wußte, daß er mal verheiratet gewesen war, aber wie fast alles, das sich in der Vergangenheit des Ex-Polizisten abgespielt hatte, blieb auch dieses Kapitel im dunkeln. »Wie war das eigentlich bei dir?«

Er guckte zu den Monitoren. »Ich rede nicht gern darüber.«

Ich sagte nichts.

»Es ist schon so lange her.« Er seufzte. »Na ja, warum nicht? Ich wollte gar nicht heiraten. Das Übliche eben: Sie sagte, sie sei schwanger, und dann sind wir zum Standesamt gegangen. Das Kind war eine Frühgeburt, starb nach drei Tagen im Brutkasten. Die Ärzte hatten behauptet, es sei über den Berg, und dann plötzlich: aus und vorbei. Es war ein Schock, besonders für meine Frau. Und, was soll ich sagen, ich gewöhnte mich daran, verheiratet zu sein. Es war gar nicht so schlecht.«

Ich wartete. »Und dann?«

»Eine Routineoperation. Sie hatte vereiterte Mandeln. Der HNO-Arzt sagte ihr, die Mandeln müßten raus. Sie ist nicht mehr aus der Narkose aufgewacht. Kommt in einem von zehntausend Fällen vor. Aber es kommt vor.«

»Das ist ja traurig«, sagte ich.

»Ja. Seitdem hasse ich Ärzte und Krankenschwestern. Schon von einem weißen Kittel kriege ich Magenschmerzen. Mir wird schlecht, wenn ich ein Krankenhaus betrete. Allein der Geruch macht mich krank.«

Gegen ein Uhr passierte etwas. Ein Motorrad kurvte vor dem Eingangstor, wurde langsamer, hielt schließlich an. Zwei in Motorradwursthüllen verpackte Gestalten stiegen ab, eine lange, dünne Wurst und eine kleinere, rundlichere Wurst. Sie nahmen ihre Helme ab, und auf dem Monitor sahen wir, daß es sich um ein Männchen und ein Weibchen handelte, beide noch recht jung. Im nächsten Moment fingen sie an zu knutschen.

»Was machen die da?« sagte ich. »Können die sich keinen besseren Ort aussuchen?«

Koslowski grunzte nur.

»Ich schau mir das mal an.« Die pure Sucht nach Abwechslung trieb mich an das Tor.

»Hey«, rief ich, »habt ihr euch verfahren?«

»Der Spanner will was von uns«, sagte der Junge zu dem Mädchen. Er hatte lange, blonde Haare und ein schmales Gesicht. Die Dunkelheit und die Entfernung konnten mich täuschen, aber er kam mir unsympathisch vor.

Im schwarzen Haar des Mädchens leuchtete es rot, blau und grün, an ihrer Nase blinkte etwas Metallisches, vermutlich ein Ring. »Guck mal, der hat eine echte Knarre.«

»Okay, Leute«, schaltete ich mich ein. »Ihr habt euren Spaß gehabt, jetzt könnt ihr weiterfahren.«

»Wir befinden uns auf öffentlichem Gelände«, antwortete der Junge eine Spur förmlicher. »Ob wir gehen oder bleiben, entscheiden wir selbst.« Dabei legte er seinen Arm um die Taille des Mädchens.

An dem Argument war etwas dran, das ließ sich nicht leugnen. »Na gut«, gab ich nach. »Dann macht eben weiter. Aber kommt dem Tor nicht zu nahe. Sonst kriegt ihr was auf die Pfoten.«

»Etwa von dir?«

»Entweder von mir oder aus der Steckdose.«

Die beiden kicherten überheblich, und ich trat den taktischen Rückzug an.

Fünf Minuten und ein paar langatmige Küsse später düsten sie ab.

»Merkwürdig«, sagte ich.

»So ist das auf dem Land«, meinte Koslowski.

Bei meinem letzten Rundgang bemerkte ich, daß einige Affen in Raum C offensichtlich krank waren. Rotz und Wasser lief ihnen aus der Nase, und sie machten einen ziemlich jämmerlichen Eindruck.

IV

Der Gorilla hatte mich bis in die Baumhütte verfolgt. Ich versteckte mich hinter einem Vorhang, und der Affe machte die Inneneinrichtung zu Kleinholz. Da klingelte ein Telefon. Der Gorilla stutzte, schob den Tisch zur Seite und entdeckte das Schnurlose auf dem Boden.

»Wie geht es dir?« fragte Imke.

Ich räusperte mir die Stimmbänder frei. »Mir geht es gut. Und dir?«

»Danke der Nachfrage.« Nachdem unsere Beziehung ihren Zenit überschritten hatte, waren die Unterhaltungen zwischen Imke und mir so kommunikativ wie Pokerrunden unter Berufszockern. »Du liegst noch im Bett? Ist jemand bei dir?«

»Warte! Ich schau mal nach. Nein, der Gorilla ist verschwunden.«

Sie deutete ein Lachen an. »Seit wann treibst du's mit Gorillas?«

»Sie kommen einfach zu mir. Ich kann nichts dafür.«

»Und was ist mit anderen Frauen? Du trauerst mir doch nicht immer noch nach?« Der spöttische Unterton war nicht zu überhören.

»In meinem Alter müßte ich einem Single Club beitreten, um jemanden kennenzulernen. Und du weißt ja, wie sehr ich Vereinsmeierei hasse.«

»Es wird schon wieder, Georg! Ein Mann in den besten Jahren sollte die Hoffnung nicht aufgeben.«

»Ja«, sagte ich, »es ist meine feste Überzeugung, daß sich im Leben Hochs und Tiefs abwechseln. Die einen haben die Hochs, die anderen die Tiefs.«

Sie hatte die Plauderei satt und kam zum Geschäftlichen: »Ich möchte mit Chris ein paar Tage verreisen. Dummerweise ist meine Mutter krank geworden und kann sich nicht um das Kind kümmern. Deshalb wollte ich dich bitten, Sarah übers Wochenende zu dir zu nehmen.«

Ich antwortete, daß ich das im Prinzip gerne tun würde, in den nächsten Nächten allerdings arbeiten müsse und mir der Zeitpunkt äußerst ungelegen komme. Darauf fragte sie mich, warum ich mich bei der Scheidung so intensiv um eine Beteiligung am Sorgerecht bemüht hätte, und schon waren wir wieder in unserem üblichen, gereizten Tonfall. Da ich mich für eine längere Auseinandersetzung zu müde fühlte, versprach ich, mir etwas einfallen zu lassen.

Anschließend rief ich Sigi an und bat sie, bei Max ein gutes Wort für mich einzulegen, damit er für die Nachtschichten am Wochenende einen anderen einplante. Sie sagte, sie werde es versuchen.

Dann legte ich mich wieder hin und schlief noch ein paar Stunden.

Als Koslowski und ich um achtzehn Uhr beim *Arilson*-Affenhaus in Schapdetten ankamen, warteten unsere Kollegen schon ungeduldig auf uns. Tagsüber war nichts vorgefallen, und sie wollten so schnell wie möglich nach Hause.

Bis auf Hillen hatten die Tierpfleger das Affenhaus bereits verlassen. Der Obertierpfleger hängte gerade seinen grauen Kittel in den Spind und fischte einen cremefarbenen Blouson heraus.

Ich erzählte ihm, was ich letzte Nacht beobachtet hatte: »Ist Ihnen auch aufgefallen, daß einige Tiere in Raum C krank sind? Ich habe zwar keine Ahnung von Affen, aber es scheint mir eine Erkältung oder so was zu sein.«

»Ach das«, sagte Hillen, »das ist nichts weiter. Eine

kleine Grippe, nehme ich an. Sehen Sie, die Affen sind durch die lange Reise geschwächt. Da fangen sie sich leichter was ein. Wir päppeln sie dann hier wieder auf.« Er merkte, daß mich seine Antwort nicht befriedigte. »Morgen kommt sowieso der Tierarzt. Ich werde ihn darauf aufmerksam machen. Kümmern Sie sich darum, daß niemand einbricht, den Rest erledigen wir.«

Und wieder wurde es eine lange Nacht. Sie kam mir noch länger vor als die erste. Der Reiz des Neuen war vorbei, die Monitore und die ewig gleichen Rundgänge und Kontroll-Checks boten keine Abwechslung. Nicht einmal ein Motorradpärchen störte unseren Kampf gegen die Müdigkeit.

Irgendwann, die Sonne war längst untergegangen und ich hatte meinen Kontrollgang absolviert, schlenderte ich durch den nahezu dunklen Flur. An der Decke brannte die Nachtbeleuchtung, meine Schritte hallten auf dem Steinfußboden.

Ich öffnete die Tür zu Raum C. Etwas war hier anders als in den übrigen Affenräumen. Ich konnte nicht genau sagen, was. Die Atmosphäre vielleicht. Die Affen wirkten unruhiger und unzufriedener. Ich blieb in der Mitte stehen und schaute mich um. Die Zahl der kranken Tiere hatte eindeutig zugenommen. Mindestens zehn schnieften und röchelten, einige hatten rote, verquollene Augen.

Ich ging näher an einen Käfig heran. Ein Kapuziner-Männchen saß in der hinteren Ecke und guckte mich böse an. Plötzlich machte es einen Satz nach vorne, ein langer, dünner Arm schnellte durch die Gitterstäbe. Im letzten Moment riß ich den Kopf zurück, die Krallen griffen ins Leere.

Koslowski biß in sein Blutwurstbutterbrot und sagte: »Was kümmerst du dich auch um die blöden Affen? Nachher zerkratzt so ein Vieh dir das Gesicht, und du mußt ins Krankenhaus, damit sie dir eine Tetanus-Spritze verpassen.«

»Sie tun mir irgendwie leid. Ich meine, ich hab das Gefühl, sie sind unglücklich.«

Koslowski verdrehte die Augen. »Wilsberg! Unser Job ist es aufzupassen, daß niemand über die Zäune steigt. Die Affen gehen uns nichts an.«

Just in diesem Moment meldete sich die Warnanlage mit einem Intervall-Schrillen, und ein Lämpchen am Umzäunungsmodell leuchtete rot auf. Wir betrachteten den Monitor, der den entsprechenden Abschnitt erfaßte.

»Kaninchen oder Ratte«, sagte Koslowski und deaktivierte die Anlage. Dann nahm er das abgelegte Butterbrot wieder in die Hand. »Willst du auch eins?«

»Hast du einen anderen Belag?« fragte ich. »Ich glaube, heute nacht ist mir nicht nach Blutwurst.«

Ich war eingenickt. Ein Sekunden- oder Minutenschlaf. Auf der Autobahn tödlich, aber im Wachraum eines Affenhauses nicht besonders tragisch. Ich rieb mir die Augen und kontrollierte die Monitore. Draußen war alles ruhig. Das Letzte, an das ich mich erinnern konnte, bevor mich die Müdigkeit übermannt hatte, war Koslowskis Aufbruch zu einem Rundgang gewesen. Danach hatte ich es mir im Sessel ein wenig zu bequem gemacht. Ich schaute auf die Uhr und zog den Kontrollgangplan zu Rate. Wenn Koslowski den Plan eingehalten hatte, und daran bestand eigentlich kein Zweifel, hätte er längst zurück sein müssen. Was trieb er so lange da draußen?

Ich suchte die Monitore nach einem Lebenszeichen meines Partners ab. Vergeblich.

Vielleicht saß er einfach auf dem Klo?

Für die Verständigung untereinander hatten wir zwei Walkie-talkies mitgebracht. Ich nahm meins in die Hand und funkte ihn an: »Koslowski, hörst du mich? Melde dich bitte!«

Die Antwort war Rauschen.

Ein paarmal wiederholte ich die Übung, dann gab ich es auf. Allerdings besaß ich keine Garantie, daß Koslowski sein Gerät auch eingeschaltet hatte.

Zwischendurch überlegte ich, ob ich die Polizei anrufen sollte. Doch nach dem peinlichen Zwischenfall mit Weiduschat wollte ich mich nicht schon wieder lächerlich machen. Also entschied ich mich für die Einzelkämpfer-Variante: Ich schüttelte meine verkrampften Glieder und machte mich breitbeinig auf den Weg. Vorher löste ich noch die Lasche am Pistolenhalfter. Für alle Fälle.

Der Flur bot keine neuen Erkenntnisse: Er war menschenleer und ruhig. Zuerst schaute ich auf dem Klo nach. Kein Koslowski.

Fünf Minuten später wußte ich, daß er sich nicht in der Halle aufhielt. Ich öffnete die Außentür und trat ins Freie. Die Nachtluft war kühl und erfrischend. Ich nahm einen tiefen Lungenzug. Inzwischen war ich mehr als hellwach. Wo zum Teufel steckte Koslowski? Er konnte sich doch nicht einfach in Luft aufgelöst haben.

Ich ging um die Gebäudeecke. Im selben Moment klatschte etwas Feuchtes in mein Gesicht. Jemand drückte einen Lappen oder Schwamm auf meine Augen, Nase und Mund. Gleichzeitig riß ein anderer meine Arme nach hinten. Und ein dritter, vermutlich ein dritter, zog die Pistole aus dem Halfter. Die Burschen waren wirklich gerissen. Ich trat um mich und versuchte, nicht zu atmen. Aber irgendwann ließ sich das Atmen nicht mehr vermeiden. Ich war schließlich gesund, kräftig und nicht unter Wasser.

V

Ich fühlte mich, als hätte ich drei Tage durchgesoffen, dabei unentwegt einen griechischen Wadenschüttler getanzt und anschließend kein Aspirin gefunden. In meinem Kopf pochte und wummerte es, und nur mit Mühe konnte ich Sigis Worten folgen.

»Ich verstehe nicht, wie man euch derart übertölpeln konnte. Ihr habt euch benommen wie blutige Anfänger. Und das ist schon der zweite Blackout innerhalb weniger Tage. Erst die Sache mit Weiduschat, und jetzt das. Koslowski, wieso hast du nichts bemerkt?«

Wir saßen in Sigis Büro, das heißt, außer der Chefin, Koslowski und mir noch Max von Liebstock-Blumenberg. Einige Stunden zuvor hatten die Kollegen von der Tagschicht Koslowski und mich befreit. Zu diesem Zeitpunkt lagen wir gefesselt und verschnürt im Affenraum A. Schon wieder bei Bewußtsein, auch wenn uns nach grober Schätzung etwa eine Stunde fehlte. Ansonsten waren wir unverletzt, sah man von der Schmach der Niederlage und den kopfschmerzerzeugenden Nachwirkungen des Betäubungsmittels ab. Zusammen mit den Kollegen stellten wir fest, daß einige Käfige aufgebrochen und deren Inhalt, zwölf Kapuzi-neraffen, entführt worden waren. Außerdem entdeckten wir im Flur einen gesprayten Text: *Affen sind Brüder, ihr gehört in die Käfige!* Alles deutete darauf hin, daß wir einer gezielten Aktion von Tierbefreiern zum Opfer gefallen waren.

»Ich weiß nicht«, sagte Koslowski. »Die waren plötzlich da. Keine Ahnung, wo die herkamen.«

»Und du, Georg«, wandte sich Sigi an mich, »wie erklärst du dir das Eindringen?«

»Auf den Monitoren war nichts zu sehen«, verteidigte ich mich.

»Du bist doch nicht etwa eingeschlafen?« mischte sich Max ein.

»Nein, soweit ich mich erinnern kann, nein«, versicherte ich lau.

»Aber als Koslowski nicht zurückkam«, hakte Sigi unbarmherzig nach, »da hättest du doch reagieren müssen. Warum hast du nicht die Polizei angerufen?«

»Gerade weil ich an Weiduschat gedacht habe. Ich wollte uns nicht schon wieder blamieren.«

»Statt dessen bist du in eine plumpe Falle gelaufen und hast nicht nur dich, sondern die gesamte *Security Check* kompromittiert. Wie stehe ich denn vor unserem Auftraggeber da? Kaum zwei Tage liegt der Wachdienst in unseren Händen, und schon geschieht ein derart dreister Überfall.«

Ich senkte den Kopf und warf Koslowski einen solidarischen Blick zu. Auch der blonde Hüne sah ziemlich zerknittert aus.

»Ich habe vorhin mit dem verantwortlichen Manager von *Arilson* gesprochen«, fuhr Sigi fort. »*Arilson* verzichtet auf eine Anzeige, weil sie nicht möchten, daß die Presse davon Wind bekommt. Aber natürlich – und das hat mir der Mann unmißverständlich klar gemacht – ist es unsere Aufgabe, die Affen zurückzuholen.«

»Die Affen müssen wieder her, kein Thema«, unterstützte Max sie in seinem üblichen Flachsprech.

Ich grinste. »Dann können wir ja wieder unserer eigentlichen Arbeit nachgehen.«

»Und wen soll ich euch als Kindermädchen mitgeben?« versetzte Sigi.

»Das war ein Schlag unter die Gürtellinie«, protestierte ich.

»Okay, geschenkt. Zum Glück seid ihr unverletzt.«

Ich faßte mir an den Kopf. »Wenn nur nicht diese verdammten Kopfschmerzen wären.«

»Komm bloß nicht mit solchen Wehwehchen!« knurrte Max.

Ich fuhr auf. »Da möchte ich dich sehen, wenn du bewußtlos ...«

»Schluß!« kommandierte Sigi. »Hört auf damit! Was passiert ist, ist passiert, das können wir nicht mehr ändern. Georg und Hjalmar, ihr seid mir dafür verantwortlich, daß die Affen zurückkommen. Und jetzt möchte ich ein paar konstruktive Vorschläge hören.«

Ich nahm noch eine Tablette und schüttete mir die sechste Tasse Kaffee ein. Dann zündete ich einen Zigarillo an. Der Fall begann, mich zu interessieren. »Was hat die Tatortuntersuchung ergeben?«

»Die Zäune sind tatsächlich nicht beschädigt worden«, erläuterte Max.

Ich schnalzte. »Das heißt, die Täter hatten einen Schlüssel?«

»Sieht ganz so aus. Außerdem müssen sie sich mit der Alarmanlage bestens auskennen. Sie haben alle sensiblen Stellen vermieden. Wir haben uns die Videoaufnahmen des fraglichen Zeitraums genau angeschaut. Am Hintertor, das ist der Ausgang, der nur im Notfall benutzt wird, sind einige schemenhafte, vermummte Gestalten zu erkennen. Wenn du hingeguckt hättest ...«

»Ich kann nicht alle Monitore gleichzeitig im Auge haben«, sagte ich.

»Na schön. Im übrigen verlief die Spurensuche negativ. Keine Fingerabdrücke, keine zurückgelassenen Werkzeuge oder ähnliches.«

»Profis«, stellte Sigi fest. »Wir haben es mit einer Organisation zu tun, die den Überfall exakt geplant hat.«

Ich erzählte ihnen von der Begegnung mit dem Motorradpärchen.

»Das war in der Nacht zuvor«, sagte Sigi nachdenklich. »Dann haben wir leider keine Aufzeichnungen mehr. Schade. Könntest du die beiden identifizieren, Georg?«

»Es war ziemlich dunkel, aber ich glaube schon, ja.«

»Gut. Das ist eine Spur. Wir brauchen nachher eine genaue Personenbeschreibung. Weitere Ideen?«

»Wir sollten die legalen Tierfreunde abchecken«, schlug Max vor. »Die Tierbefreier agieren zwar im Untergrund, doch möglicherweise gibt es Kontakte zu etablierten Gruppen, Tierschützern, Veganern, was weiß ich.«

»Veganer?« fragte Koslowski.

»Das sind Leute, die alle tierischen Produkte ablehnen, nicht mal Milch trinken oder Eier essen.«

»Und damit kann man überleben?« wunderte sich Koslowski.

»Vermutlich sehen sie ungesund aus, aber es soll gehen.«

»Das würde ich gern übernehmen«, sagte ich. Die Sache sah nach einem ruhigen Schreibtischjob aus, und mir war nicht nach action zumute.

»Die Tierpfleger«, sagte Koslowski.

Wir guckten ihn erwartungsvoll an.

»Na, irgend jemand bei *Arilson* muß mit den Typen unter einer Decke stecken. Woher hätten die sonst den Schlüssel vom Hintertor kriegen können? Und wieso wußten die so gut über die Alarmanlage Bescheid?«

»Ausgezeichneter Vorschlag, Hjalmar!« lobte Sigi. »Ich denke, auf die Tierpfleger sollten wir unser Hauptaugenmerk richten. Wir nehmen sie uns einzeln vor. Vielleicht wird ja einer nervös.«

»Versteift euch nicht zu sehr darauf!« warnte ich. »Tierbefreier sind eher jugendlich und unreif. Ich kann mir nicht vorstellen, daß ein Pfleger seinen Job riskiert.«

Sigi nickte. »Aber auch Tierpfleger haben Söhne und Töchter. Ein Sohn, der Motorrad fährt, oder eine Tochter, die mit einem Motorradfahrer befreundet ist, würde uns schon weiterhelfen.«

Anschließend regelten wir die Arbeitsverteilung. Koslowski sollte sich mit zwei Leuten vom Coesfelder *Sec Check*-Büro die Tierpfleger vornehmen, ich würde mich um die Tierschützer kümmern, Sigi übernahm die Gesamtkoordination. Da der normale Wachdienst und die übrigen Aufträge weiterlaufen mußten, war die Personaldecke nicht allzu dick.

Als alles Wesentliche besprochen war, meldete ich mich schüchtern: »Ach, übrigens, was ist mit meinem freien Wochenende? Du weißt schon, Sigi – wegen Sarah.«

»Wenn die Affen bis dahin wieder da sind, gerne.«

»Aber ...«

»Kein aber, Georg.« Sigi schwenkte energisch ihre Brille. »Die Affengeschichte hat absolute Priorität. Das gilt für alle. Am Wochenende wird durchgearbeitet. Aische wird es sicher nichts ausmachen, Sarah zu betreuen.«

Aische war die Sekretärin. Sie hatte selbst Kinder und schon einmal auf Sarah aufgepaßt. Aber wenn Imke davon erfuhr ...

Nachdem ich die Personenbeschreibung des Motorradpärchens getippt hatte, schlug ich das Telefonbuch auf. Es gab mehrere Tierfreunde- und Tierschutzvereine. Ich entschied mich für einen mit Tierheim und fuhr hin.

Das Büro befand sich in einem verwitterten, grauen Haus hinter einer Batterie von Käfigen, in denen verstoßene vierbeinige Lieblinge jaulten und fauchten. Es war ganz mit einer billigen Sorte Holz verkleidet.

»Nennen Sie das Tierfreundschaft?« sagte ich zu der älteren Frau im pinkfarbenen Pullover, die hinter einem altersschwachen Schreibtisch saß. »Tiere in Käfige sperren?«

Sie guckte mich durch eine überdimensionale Brille an. Auch alles andere an ihr war überdimensional. »Was soll ich denn sonst mit ihnen tun? Ich kann sie ja nicht alle auf den Schoß nehmen. Aber Sie dürfen gerne eins mitnehmen, wenn Sie glauben, daß es dem Tier bei Ihnen zu Hause besser geht.«

»Das wär ja noch schöner.« Ich verdrehte die Augen. »Gefangenschaft ist Gefangenschaft, ob im Zoo oder bei mir zu Hause. Ich finde, Tiere haben dasselbe Recht auf Freiheit wie wir.«

»Ach, so einer sind Sie.« Sie nahm eine Zigarette aus der Schachtel und steckte sie zwischen die Lippen. »Da sind Sie bei uns aber verkehrt. Tierfreundschaft bedeutet für uns nicht, daß Tiere die besseren Menschen sind. Es gibt einen großen Unterschied zwischen Menschen und Tieren, und das Wohl der Menschen hat Vorrang. Natürlich kann man die Massentierhaltung kritisieren, vor allem, wenn Tiere gequält werden oder das Fleisch mit Hormonen oder anderer Chemie verseucht wird. Und wir sind auch gegen überflüssige Tierversuche. Doch wenn es darum geht, mit Tierversuchen menschliche Krankheiten besiegen zu helfen, dann stellen wir uns nicht in den Weg. Sehen Sie, in unserem Verein gibt es Vegetarier und Fleischesser, und wir tolerieren einander. Ich persönlich habe gegen ein schönes Schweineschnitzel nichts einzuwenden.«

»Schweineschnitzel.« Ich rümpfte die Nase. »So etwas würde ich nicht runterkriegen.«

»Das ist Ihre Sache.« Sie zündete die Zigarette an. »Ich will Sie ja nicht drängen, aber ich habe noch ein bißchen Schriftkram zu erledigen.«

»Vielleicht können Sie mir sagen, wo ich Leute finde, die die Rechte der Tiere ernster nehmen. Ich habe mich bis jetzt nur theoretisch damit beschäftigt, Bücher gelesen und so, und würde mich gern mit Gleichgesinnten austauschen.«

Ihre Lippen stülpten sich nach außen, ein Ausdruck des Widerwillens erschien auf ihrem Gesicht. »Meinen Sie etwa diese Verrückten, die Aufkleber an die Wände pappen wie *Jäger sind Mörder* oder *Die Milch gehört den Kälbern*?«

»Was ist daran verrückt?«

»Weil es Schwachsinn ist. Die Kühe würden sterben, wenn sie nicht gemolken werden. Und die Rehe würden sich rasant vermehren und den Wald leerfressen.«

»Weil wir Menschen die Raubtiere ausgerottet haben.«

»Na schön, das ist nun mal der Gang der Zivilisation. Oder möchten Sie einem Rudel Wölfe begegnen, sobald Sie einen Wald betreten?«

»Ich gehe selten in den Wald.«

»Aber Familien mit Kindern. Und auch die Bauern werden sich bedanken, wenn ihnen Wölfe und Bären die Weiden leerräumen.«

»Sie haben also keine Adresse?«

»Nein. Mit solchen Leuten haben wir nichts zu schaffen. Warten Sie mal!« Sie drückte die Zigarette aus und ging zu einem Regal. »Wo ist denn ...« Sie zog ein grünes Buch heraus. »Hier sind alle möglichen Adressen drin. Radikale Tierrechtler ...«, sie kicherte, »... auch eine Initiative, die sich dafür einsetzt, daß Menschenaffen Menschenrechte bekommen. Hier!« Sie knallte mir das Buch aufgeschlagen hin.

Es handelte sich um eine Organisation namens *Frieden mit Tieren*, dummerweise hatte sie eine Adresse in Bremen. Trotzdem notierte ich mir die Telefonnummer.

Wieder zurück im Büro, hängte ich mich ans Telefon. Hinter der Nummer in Bremen verbarg sich ebenfalls eine Frauenstimme. Ich brachte mein Anliegen vor, und sie erklärte sich bereit, mir einen Aufnahmeantrag und eine Einzugsermächtigung zuzuschicken. Ich sagte, das wäre nicht genau das, was ich mir vorgestellt hätte, vielmehr suchte ich eine Gruppe in der näheren Umgebung, in der ich mich aktiv für die Interessen der Tiere einsetzen könne.

»Wie weit soll Ihr Engagement denn gehen?« fragte sie vorsichtig.

»Nun«, antwortete ich gedehnt, »falls nötig, in extremen Fällen von Tierquälerei, halte ich auch eine Befreiungsaktion für legitim.«

Ich merkte, wie ihr Herz aufging. »Verstehen Sie mich nicht falsch«, versicherte sie mit Bedauern in der Stimme, »wir haben viel Sympathie für Menschen, die sich mit anderen Tieren – und für uns sind Menschen auch nur Tiere – solidarisieren und aktiv zu deren Rettung beitragen. Aber wir sind eine legale Organisation. Offiziell verurteilen wir jeden Gesetzesbruch. Unser Ziel ist es, durch Aufklärung die Meinung in der Bevölkerung zu verändern, damit strengere Tierschutzgesetze die Situation aller tierischen Lebewesen verbessern.« Sie zögerte.

»Schade«, sagte ich enttäuscht.

»Ich weiß, daß es eine Gruppe im Münsterland gibt.« Jetzt hatte ich sie an der Angel. »Sie nennt sich *Veganes Kommando Münsterland*.«

»Haben Sie auch eine Adresse?« Ich versuchte, nicht allzu lauernd zu wirken.

»Das ist streng vertraulich.«

»Natürlich.«

»Ich gebe Ihnen die Information privat, nicht als Vertreterin unserer Organisation.«

»Alles klar.«

»Einen Namen kann ich Ihnen leider nicht nennen, nur eine Postfachadresse in Coesfeld.«

So ein Mist! Das konnte Wochen dauern, bis jemand antwortete. Wenn überhaupt. Ich schrieb die Postfachnummer auf und bedankte mich artig.

Bei der abendlichen Besprechung stellte sich heraus, daß auch Koslowski keine Erfolge vorweisen konnte. Von den fünf Tierpflegern erschien nicht einer verdächtig, mit den Affenbefreiern zu sympathisieren. Zwei Tierpfleger hatten Söhne, die Motorrad fuhren, aber nach Meinung ihrer Väter waren diese mehr an Vergnügungen und Mädchen interessiert als an Tieren. Und angeblich pflegte keine der altersmäßig in Frage kommenden Töchter eine Beziehung zu einem Motorradfahrer. Andererseits wußten Väter nicht immer alles über ihre Töchter. Wir beschlossen, daß sich Koslowskis Gruppe am nächsten Tag die Kinder der Tierpfleger vornehmen sollte.

»Noch etwas«, sagte ich. »Die Tierpfleger sind nicht die einzigen, die an die Schlüssel und die Alarmanlage herankommen können. Da gibt es noch den Tierarzt. Und in der Hauptverwaltung von *Arilson* dürften sich ebenfalls Schlüssel und Unterlagen befinden.«

Bevor Max widersprechen konnte, erklärte Sigi meinen Hinweis für brauchbar. Und um die Verbitterung ihres Organisationschefs komplett zu machen, entschied sie, daß sie am nächsten Morgen mit mir nach Coesfeld fahren wolle. Dort hatte der für die Affen zuständige Manager von *Arilson* sein Büro.

Als ich nach Hause kam, lag ein Zettel auf meinem Bett: *Morgen früh um 10 Sarah abholen!*

Ich schaltete den Fernseher ein. In Wimbledon verspeiste Boris Becker gerade einen Schwedenhappen.

VI

»Wo fahrt ihr denn hin?« fragte ich Imke, während Sarah von ihren fünfundzwanzig Stofftieren drei auswählte, die sie mitnehmen wollte, ein Prozeß, der sich noch einige Zeit hinziehen konnte.

»Ein paar Tage nach London«, antwortete meine Ex-Gattin leichthin. »Chris hat dort Freunde, so sparen wir uns das Hotel. Ein bißchen rumbummeln, Museen, shopping, easy living.«

»Schön«, sagte ich.

»Du solltest auch mal ausspannen. Du siehst gar nicht gut aus, richtig grau im Gesicht, und dann diese dunklen Ränder unter den Augen. Entschuldige, wenn ich das so direkt sage.«

»Kein Problem«, tröstete ich sie. »Viel Arbeit, wenig Schlaf.«

»Man merkt, daß du älter wirst.«

»Ja. Früher haben mir Tritte in die Rippen und eine Ladung Betäubungsmittel ins Gesicht weniger ausgemacht.«

Abschätzig zog Imke einen Mundwinkel hoch. »Immer noch dieselben Scherze. Das passiert bestimmt nicht jeden Tag.«

»Nicht jeden Tag, aber es kommt vor.«

»Dann würde ich mir an deiner Stelle ernsthaft Gedanken machen, den Beruf zu wechseln. Mein Gott, Georg, du hast doch das Potential. Du warst mal Rechtsanwalt. Hast du es nötig, dich mit miesen kleinen Schlägern abzugeben?«

»Eigentlich nicht«, gab ich zu. »Bloß, wenn ich mir den Arbeitsmarkt angucke, stehen die Chancen für eine lukrative Zweitkarriere nicht besonders gut.«

»Du willst nicht, Georg, das ist es. Du möchtest leiden, du bist gerne ganz unten. Du hast dich, wenn dir die Wahl zwischen zwei Möglichkeiten eröffnet wurde, schon immer für die schlechtere entschieden.«

Das saß. Zum Glück hatte auch Sarah eine Entscheidung getroffen, so daß mir die Fortsetzung der Diskussion erspart blieb. Mit dem weißen Kaninchen, dem rosa Schwein und der gepunkteten Giraffe kam meine über alles geliebte Tochter aus ihrem Zimmer. Ich strich ihr übers blondgelockte Haar. Neuerdings trug sie eine Haarspange.

»Und was habt ihr beiden vor?« fragte Imke.

»Och, wir werden ein paar Spielplätze unsicher machen und das eine oder andere Eis verputzen«, log ich. Der Ärger, den ich unweigerlich bekommen würde, konnte noch bis Montag abend warten.

»Stopf sie nicht mit Süßigkeiten voll! Und schlepp sie nicht in verräucherte Kneipen!«

Ich versprach, an alles zu denken. Dann half ich Sarah beim Tragen der gepunkteten Giraffe und des rosa Schweins und verstaute die Kleine im Kindersitz auf der Rückbank des geleasten Firmen-Audi.

»Warum darf ich nicht mit nach London?« fragte Sarah.

»Das hättest du deiner Mutter vorschlagen sollen.«

»Können wir nicht auch nach London fliegen?«

»Ich kann mir keinen Flug nach London leisten. Ich kann mir nicht mal ein freies Wochenende leisten.«

»Das ist Aische«, sagte ich zu Sarah. »Kennst du sie noch?«

Aische war Inderin und lebte seit zwanzig Jahren in Deutschland. Sie hatte pechschwarze Haare und eine olivfarbene Haut. Skeptisch betrachtete Sarah die Frau, die sie mit ausgestreckten Armen anlächelte. Dann schüttelte sie energisch den Kopf.

»Du warst schon mal bei ihr. Vor langer Zeit, da warst du noch ein Baby. Aische wird heute auf dich aufpassen. Ich muß nämlich noch ein bißchen arbeiten, weißt du. Aber heute abend machen wir was zusammen, das verspreche ich dir.«

Sarah fing an zu weinen. Trotzdem war ich sicher, daß es sich um die bessere Möglichkeit handelte, verglichen mit der Alternative, sie während der Ermittlungen auf dem Arm zu tragen.

Ich fuhr mit Sigi nach Coesfeld. Wir nahmen die Autobahn bis Nottuln, dann die B 67. Coesfeld war Verwaltungssitz des gleichnamigen Landkreises, der zusammen mit drei anderen Landkreisen und Münster die europäische Mini-Region Münsterland bildete.

Die B 67 durchschnitt eine grüne Landschaft. Hier, im westlichen Münsterland, kannte man keine Industrie. Zumindest schufteten in den langgestreckten Hallen, die abseits der Straße standen, keine Menschen. Daß Hühner im Akkord Eier legen mußten und Mastschweine sich, ohne je die Sonne gesehen zu haben, so schnell wie möglich in Schnitzel und Würste verwandelten, fiel volkswirtschaftlich unter die Rubrik Landwirtschaft.

»Ich hoffe, du bist nicht sauer auf mich«, brach Sigi das Schweigen.

»Warum sollte ich?«

»Na, ich hab dich in den letzten Tagen ziemlich hart rangenommen.«

»Jetzt, wo du es sagst ...«

»Ich meine, ihr habt Scheiße gebaut, du und Koslowski. Und ich bin nun mal die Chefin. Ich kann nicht einfach darüber hinweggehen, nur weil du die Detektei gegründet hast und ich vor ewigen Zeiten deine Sekretärin war. Sobald die anderen merken, daß ich dir eine Sonderstellung einräume, herrscht Unfrieden im Betrieb.«

»Das mußt du wohl so sehen«, sagte ich distanziert.

»Verdammt, Georg, das liegt nicht nur an mir. Wie oft habe ich dir angeboten, als Partner in die *Sec Check* einzusteigen? Weiß du noch, damals, als wir in England diesen Astronomieprofessor aus den Fängen der Kirche für angewandte Philosophie befreit haben ...«

Ich stöhnte.

»... ja, da habe ich wirklich geglaubt, wir würden zusammenarbeiten. Dann passierte der schwere Autounfall, du lagst monatelang im Krankenhaus, und im Grunde habe ich die Detektei dir zuliebe weitergeführt. Okay, später habe ich Gefallen daran gefunden und *Sec Check* zu dem gemacht, was es heute ist. Aber die Tür war nie zu, sie ist es bis heute nicht. Ich verstehe nicht, warum du es vorziehst, fremdgehende Ehefrauen zu observieren und die Nächte in Büschen oder auf Autositzen zu verbringen.«

»Komisch, meine Ex hat heute morgen etwas Ähnliches gesagt.«

»Und sie hat recht. Bei deinen Fähigkeiten könntest du mit mir zusammen die Geschäfte führen. Ein Bürojob, feste Arbeitszeiten, Leute, die dich respektieren. Du wirst langsam zu alt, um dich in Parks herumzudrükken.«

»Es wäre nicht dasselbe.«

»Dasselbe wie was?«

»Ich wäre ein Geschäftsführer von deinen Gnaden. Ich hätte mir die Sache nicht selbst erarbeitet. Oder womit soll ich die Hälfte der Gesellschafteranteile kaufen?«

»Du bist ein verdammter Dickkopf, Georg, das ist die ganze Wahrheit.«

»Vermutlich. Meine Ex meint, ich würde gerne leiden.« Ich zeigte auf die Straße. »Weißt du, wo wir hin müssen?«

Wir hatten die Stadtgrenze von Coesfeld erreicht.

Das Verwaltungsgebäude von *Arilson* stand im Gewerbegebiet Otterkamp, das sich südlich der Umgehungsstraße ausbreitete.

Arilson importierte und züchtete alle möglichen Arten von Tieren, Echsen, seltene Spinnen, die sich bei Tierfreunden immer größerer Beliebtheit erfreuten, aber auch den allgemeinen Zoobedarf vom Eisbär über die Robbe bis zum gemeinen Geier. Die Geschäftsführung war nach Tiergattungen aufgeteilt und Michael Holtgreve für den Bereich Primaten zuständig. Das erfuhr ich von Sigi, während wir die zwanzig Meter vom Parkplatz bis zum Eingang überwanden.

Das Büro von Holtgreve befand sich im dritten Stockwerk, und da uns Sigi angemeldet hatte, mußten wir nicht allzu lange unter der Aufsicht der Sekretärin in bunten Tierzeitschriften blättern.

Holtgreve hatte fotogen ergraute Schläfen und war auch sonst für seine schätzungsweise fünfundvierzig Jahre noch recht gut erhalten. Er hatte sein Jackett abgelegt und kam uns in einem blauweißgestreiften Hemd mit dunkelblauer Krawatte entgegen.

»Es hat sich was getan«, verkündete er aufgeregt und geleitete uns zu einem runden Tisch. »Kaffee, bitte!« rief er über die Schulter der Sekretärin zu.

»Hier! Das ist heute morgen mit der Post gekommen.« Damit knallte er einen Wisch auf die Tischplatte. Sigi und ich beugten uns über das DIN-A-4-Blatt und lasen: *Lassen Sie alle Affen frei! Erklären Sie bis Montag abend öffentlich, daß Sie keine Affen mehr importieren! Andernfalls informieren wir die Medien. VKM.* Der Text bestand aus Druckbuchstaben und war mit einem Filzstift geschrieben. Entweder waren die Tierbefreier doch nicht so professionell, wie wir glaubten, oder sie fühlten sich sehr sicher.

Holtgreve schnaubte: »Keine Ahnung, was VKM bedeutet.«

»Veganes Kommando Münsterland«, sagte ich.

Er schaute mich forschend an. »Haben Sie etwas herausgefunden?«

»Wir haben uns in der Szene umgehört. Aber eine konkrete Spur hat sich noch nicht ergeben.« Da er es nicht erwähnte, kam ich auf den heiklen Punkt zu sprechen: »Finden Sie es nicht merkwürdig, daß die Tierbefreier mit der Öffentlichkeit drohen? Normalerweise bleiben Kriminelle lieber anonym.«

Holtgreve steckte sich eine Zigarette zwischen die Lippen, ich sah das als Aufforderung, mit einem Zigarillo zu kontern.

»Im Gegenteil«, sagte er nach einem tiefen Lungenzug. »Damit schießen sie voll auf unsere Weichteile. Ich sehe schon die Fernsehbilder vor mir, niedliche Affen und dazu eine Tränendrüsenstimme: *Diese Tiere sollten brutal für Tierversuche geopfert werden.* Das ist genau die PR, die wir nicht gebrauchen können.«

»Gibt es Überlegungen, auf die Forderungen des Veganen Kommandos einzugehen?« erkundigte sich Sigi.

Der Manager schüttelte genervt den Kopf. »Natürlich nicht. Sonst könnte *Arilson* auch gleich Konkurs anmelden. Und selbst wenn wir, rein hypothetisch gesprochen, auf den Bereich Primaten verzichten würden, wer sagt uns denn, daß nicht als nächstes die Delphine dran sind?« Er schlug mit der flachen Hand auf den Drohbrief. »Und das wissen diese Arschgeigen ganz genau.«

»Fassen Sie das Papier bitte nicht mehr an!« sagte Sigi. »Es könnten sich Fingerabdrücke darauf befinden. Anscheinend verhält sich das Vegane Kommando nicht sehr vorsichtig.«

Der Manager deutete mit der brennenden Zigarette auf Sigi. »Für wen sollten Fingerabdrücke von Interesse sein? Doch nur für die Polizei. Wir waren uns allerdings einig, daß die Polizei nicht eingeschaltet wird.«

»Herr Holtgreve«, formulierte Sigi bedächtig, »wir wissen nicht, ob die Situation eskaliert. Sobald Menschen bedroht sind, bleibt uns nichts anderes übrig, als die Polizei zu informieren.«

»Das sehe ich anders«, schnappte Holtgreve. »Wir reden hier über zwölf Affen, nicht mehr und nicht weniger. Das Affenhaus in Schapdetten ist nicht das einzige, das *Arilson* in Deutschland betreibt. Zwölf Affen zu verlieren, ist weit weniger geschäftsschädigend als eine öffentliche Diskussion über Tierimporte. Das Vegane Kommando kann mit den Affen machen, was es will. Wir sind auch bereit, die Affen zurückzukaufen oder eine nicht unbeträchtliche Summe in irgendeinen Tierschutzfond zu spenden. Alles, was diese Leute wollen. Finden Sie sie und einigen Sie sich mit ihnen! Mein Interesse ist es, die Sache stillschweigend zu regeln. Und natürlich für die Zukunft eine Wiederholung auszuschließen. Aber wenn wir wissen, wer sich hinter dem Veganen Kommando verbirgt, haben wir genügend Druckmittel in der Hand.«

»Verstehe ich Sie richtig, daß Sie die Affen gar nicht zurückhaben wollen?« fragte ich.

»Ich hätte sie gerne zurück, aber das hat keine Priorität. Die zwölf Affen stellen keinen großen Wert dar. Die Priorität liegt eindeutig auf einer Beilegung des Konfliktes. Ist das bei Ihnen angekommen? Vermeiden Sie jede Provokation der Tierbefreier! Es war Ihr Fehler, daß die Affen gestohlen wurden, und jetzt sind Sie dafür verantwortlich, daß die Geschichte ein gutes Ende nimmt.«

Holtgreve war immer lauter geworden, und die Sekretärin guckte uns besorgt an, als sie die Kaffeetassen abstellte.

»Danke, Frau Schulze-Bevergern!« bellte ihr Chef. Er drückte seine Zigarette aus und nahm sich eine neue. »Und nun möchte ich wissen, was Sie bislang unternommen haben.«

Sigi berichtete von unserer Vermutung, daß es eine Verbindung zwischen den Tierbefreiern und einem der *Arilson*-Beschäftigten geben müsse, und daß Mitarbeiter von *Security Check* zur Zeit die Kinder der Tierpfleger überprüften.

Holtgreve hörte unkonzentriert zu und zog heftig an seiner Zigarette. »Wie sah das Motorradpärchen aus?« fragte er schließlich.

Ich gab ihm die Personenbeschreibungen. »Kennen Sie die beiden?« schoß ich ins Blaue.

Er zuckte zusammen. »Ich? Nein. Wie kommen Sie darauf?«

»Routinefrage.« Das sagten die Kommissare im Fernsehen auch immer, wenn sie blöde Fragen stellten.

»Dann müßten wir natürlich noch mit dem Tierarzt reden«, lenkte Sigi ab. »Und hier in der Hauptverwaltung gibt es doch sicherlich auch Schlüssel von Schapdetten und Pläne der Alarmanlagen?«

»Wie? Gewiß. Aber ich halte es für ausgeschlossen, daß jemand aus meiner Abteilung ...« Holtgreve stand auf. »Der Tierarzt ist im Moment in Schapdetten.« Er ging zu seinem Schreibtisch und wieder zurück. »Hören Sie! Ihre Methoden mögen sachlich fundiert sein, doch in diesem Fall kommt es darauf an, so schnell wie möglich in Kontakt mit dem Kommando Veganes Dingsbums zu treten.«

»Veganes Kommando Münsterland«, korrigierte ich.

»Wie auch immer. Bis Sie jemand gefunden haben, der Sie zu den Tierbefreiern und den Affen führt, kann noch eine Woche vergehen. Das dauert mir zu lang.

Meiner Meinung nach sind die Kapuziner noch in der Gegend.«

»Das glauben wir auch«, bestätigte Sigi.

»Eben. Was denken Sie über folgenden Vorschlag: Sie veröffentlichen in der Coesfelder Tageszeitung eine Anzeige, verschlüsselte Botschaft an die Tierbefreier mit Angabe einer Telefonnummer. Sobald sich das Kommando bei Ihnen meldet, unterbreiten sie denen mein Angebot. Das heißt, Straffreiheit und Geldzuwendungen gegen die Zusicherung, die Geschäftstätigkeit von *Arilson* in Zukunft nicht mehr zu stören.«

Sigi und ich guckten uns an.

»Keine schlechte Idee«, sagte Sigi zögerlich. »Ich fürchte nur, wir kriegen in der morgigen Samstagsausgabe keine Anzeige mehr unter.«

»Lassen Sie das meine Sorge sein! Ich kenne den örtlichen Anzeigenleiter. Faxen Sie mir einfach so schnell wie möglich den Text. Ich kümmere mich dann um alles weitere.«

Beim Hinausgehen erhaschte ich einen Blick auf das Foto, das Holtgreves Schreibtisch zierte. Ein Ehepaar mit zwei kleinen Töchtern vor dem Großen Watzmann oder einer anderen Erdaufhäufung, die übliche glückliche Familie. Allerdings war Holtgreve auf dem Foto etwas jünger als heute.

»Was hältst du davon?« fragte Sigi, als wir wieder auf dem Parkplatz standen.

»Der Mann ist reichlich nervös.«

»Nervosität wäre ja verständlich, aber es ist etwas anderes, es ist ...«

»Du hast recht«, sagte ich. »Er hat Angst. Beinahe scheint es so, als habe er Angst, daß wir zuviel herausfinden. Er möchte die Sache so schnell wie möglich beenden.«

»Geldzuwendungen«, knirschte Sigi. »Das sind Kriminelle. Und wir sollen sie mit Geschenken locken.«

»Aber er ist unser Auftraggeber.«

Sigi setzte ihre Sonnenbrille auf und schaute zur Coesfelder Innenstadt hinüber. »*Arilson* ist unser Auftraggeber, nicht Holtgreve. Ein kleiner Unterschied.«

»Das Foto«, sagte ich.

»Was für ein Foto?«

»Auf seinem Schreibtisch. Ich kann mich natürlich irren, das Bild ist vielleicht fünf bis zehn Jahre alt, und Mädchen verändern ihre Gesichter, solange sie für die Kelly Family und Michael Jackson schwärmen.«

Sigi schlug auf das Autodach. »Scheiße, Georg, weißt du, was du da behauptest?«

»Die Motorrad-Braut könnte seine Tochter sein.«

»Es paßt. Es paßt haargenau auf seine Reaktion.« Sigi fluchte lauthals. Anschließend wollte sie in Holtgreves Büro stürmen und ihn zur Rede stellen.

»Warte!« stoppte ich sie. »Es gibt noch eine andere Möglichkeit: Wir fragen seine Frau.«

Sigi blieb stehen. »Und falls du daneben liegst?«

»Dann sind wir den Auftrag los.«

Nach einem Blick ins Telefonbuch hatten wir Holtgreves Privatadresse, und zehn Minuten später rollten wir durch das gutbürgerliche Wohnviertel am Honigbach, in der Nähe des Stadtwaldes. Die Holtgreves wohnten in einem weißen Haus, das von einem gepflegten Garten umgeben wurde.

Die große Frau, die uns die Tür öffnete, wirkte verheult. Ansonsten sah sie absolut untadelig aus, ihr Make-up erinnerte an die Legierung von Autoblech, ihre Frisur war wetterfest und die geblümte Bluse fleckenfrei und gebügelt. Wir erzählten ihr, daß wir von dem Detektivbüro kämen, das ihr Mann engagiert habe, und daß wir ein paar Fragen an ihre Tochter hätten.

»Welche Tochter meinen Sie? Ich habe zwei.« Sie machte keine Anstalten, uns hereinzulassen.

»Es gibt doch nur eine, die in Frage kommt«, bluffte ich.

»Franka? Die ist nicht da.« Ihre Stimme klang selbstsicher, aber in den Augen glomm die nackte Panik.

Sigi schaute demonstrativ zum Nachbarhaus. »Müssen wir das vor der Haustür bereden, Frau Holtgreve?«

»Ich weiß gar nicht, was es da zu bereden gibt.« Die Holtgreve wischte sich unsicher über den Rock. »Aber bitte, kommen Sie herein!«

Der Einstieg war geschafft. Drinnen würden wir sie leichter in die Zange nehmen können.

Sie führte uns in ein geräumiges Wohnzimmer, das an eine geflieste Terrasse angrenzte. Die Glastüren zur Terrasse waren weit geöffnet, draußen standen einige Gartenmöbel aus Teakholz herum. Zur Zierde, wie ich annahm, denn Frau Holtgreve sah nicht so aus, als hätte sie in letzter Zeit ein Sonnenbad genossen.

»Wo ist Franka?« fragte ich.

»Keine Ahnung. Sie ist in dem Alter, in dem man seinen Eltern nicht mehr alles mitteilt.«

»Wie lange ist sie schon weg?«

Die große Frau mit der geblümten Bluse kaute auf ihrer Unterlippe. »Herr ...«

»Wilsberg.«

»... ich glaube nicht, daß Sie das etwas angeht. Mein Mann hält mich zwar nicht über alle Details seiner Arbeit auf dem laufenden, doch soweit ich informiert bin, sollen Sie die verschwundenen Affen wiederbeschaffen und nicht meine Tochter suchen.«

»Franka könnte uns wichtige Hinweise geben.«

»Hat das mein Mann gesagt?«

Das war der kritische Punkt. Ich schielte zu Sigi hinüber. Noch konnten wir einen Rückzieher machen.

»Er hat so etwas angedeutet«, versuchte Sigi einen faulen Kompromiß.

Die Holtgreve japste empört. »Nur weil sie seine Arbeit ablehnt? Welche Kinder tun das nicht? Franka ist in so einer Phase, in der sie alle Erwachsenen für Spießer, Ausbeuter und Tierquäler hält. Es stimmt, es gab häufig

Diskussionen über das, was *Arilson* mit den Tieren macht. Aus einer Protesthaltung heraus ist sie Vegetarierin geworden und irgendeinem Tierschutzverein beigetreten.«

»Dem Veganen Kommando Münsterland?« fragten Sigi und ich gleichzeitig.

Ihr Blick wanderte zwischen uns hin und her. »Nein.«

Ich bemühte mich, meine Enttäuschung nicht zu zeigen. »Haben Sie ein Foto von Franka? Aus jüngerer Zeit?«

»Wozu denn das?«

»Bitte!« sagte Sigi.

Frau Holtgreve überlegte ein paar Sekunden lang, wie sie uns am besten vor die Tür setzen konnte, dann öffnete sie ein Fach des Wohnzimmerschrankes und holte ein Fotoalbum heraus. »Hier. Die Aufnahme stammt vom letzten Sommer.«

Ein Mädchen räkelte sich auf einem der Teakholz-Gartensessel, halb verdeckt von einem Stapel Bücher und einer Dose Cola. Dem Fotografen, vermutlich der Tierquäler-Vater, streckte es die Zunge heraus. Die stämmige Figur und das rundliche Gesicht mit dem breiten Mund entsprachen der Erscheinung, die mich durch das Gittertor des Affenhauses höhnisch angegrinst hatte. Nur paßten die langen blonden Haare leider überhaupt nicht ins Bild.

»Schade, daß sie sich die Haare abgeschnitten und bunt gefärbt hat«, sagte ich.

»Ja, sie hatte so schöne Haare. Ich mag ihre neue Frisur überhaupt ...« Die Holtgreve stockte. »Haben Sie Franka gesehen? Wo ist sie?«

»Frau Holtgreve«, mischte sich Sigi ein, »es wird Zeit, daß wir offen miteinander reden.«

Die große Frau sackte in einen Sessel und heulte hemmungslos.

Franka war seit drei Tagen verschwunden. Viel mehr war aus der demoralisierten Mutter nicht herauszubekommen, und so fuhren wir noch einmal zum Büro des lügnerischen Vaters.

Holtgreve wußte bereits Bescheid. »Wie kommen Sie dazu, meine Frau zu belästigen?«

»Und wie kommen Sie dazu, uns wichtige Fakten vorzuenthalten?« versetzte Sigi.

Der Manager lief rot an. »Vergessen Sie nicht, mit wem Sie es zu tun haben!«

»Keineswegs. Ich nehme an, daß Sie nicht nur uns, sondern auch Ihre Co-Geschäftsführer über die Rolle Ihrer Tochter im unklaren gelassen haben. Darf ich Sie daran erinnern, daß *Security Check* einen Vertrag mit der Firma *Arilson* hat und nicht mit Michael Holtgreve.«

Die Runde ging eindeutig an Sigi. Holtgreve leitete seinen Rückzug ein: »Lassen Sie uns wie erwachsene Menschen darüber reden. Vielleicht habe ich mich im Ton vergriffen. Sie müssen verstehen, daß ich sehr besorgt bin. Das Wohl meiner Tochter liegt mir am Herzen, ich möchte nicht, daß sie zur Kriminellen wird.«

»Falls sie es nicht schon geworden ist«, entgegnete Sigi kühl.

Holtgreve erzählte von den Diskussionen mit seiner Tochter, von ihren Vorwürfen und seinen Versuchen, sich zu rechtfertigen. »Vor einigen Monaten hat mich Franka hier besucht. Sie sagte, sie wolle mehr über meinen Job wissen. Ich war erfreut, weil ich glaubte, es könne zu einer Verständigung kommen. So habe ich ihr alles gezeigt.« Er schluckte. »Bei dieser Gelegenheit muß sie herausgefunden haben, wo die Schlüssel und Unterlagen von Schapdetten aufbewahrt werden. Vor fünf Tagen fehlten dann meine Tresorschlüssel. Zuerst dachte ich, ich hätte sie nur verlegt. Aber nach dem Überfall auf das Affenhaus und Frankas Verschwinden war klar, daß sie, zusammen mit ihren Gesinnungsgenossen, die Entführung der Affen organisiert hat.«

»Und seitdem haben Sie nichts mehr von Franka gehört?« fragte ich.

»Nein. Wir warten inständig auf eine Nachricht. Ich nehme an, daß sie die Affen versorgt. Sie hat ein Händchen für so was. Als sie klein war, habe ich manchmal einen Kapuziner mit nach Hause gebracht.«

Der Manager sog an seiner Zigarette und starrte in den bläulichen Nebel. Plötzlich war er um Jahre gealtert.

»Deshalb sollten wir die neutralen Vermittler spielen«, brachte ihn Sigi in die Gegenwart zurück.

»Verstehen Sie meine Situation«, sagte Holtgreve schleppend. »Wenn der Verwaltungsrat erfährt, woher die Tierbefreier ihre Informationen haben, kann ich meinen Job verlieren. Und das ist nicht das einzige Problem, das ich am Hals habe. Unter den Kapuzinern ist eine Krankheit ausgebrochen.«

Ich horchte auf. »Der Chef der Tierpfleger sagte, es handele sich um eine leichte Grippe.«

Holtgreve musterte mich. »Sie wissen davon?«

»Ich war Wachmann in Schapdetten.«

»Auch in jener Nacht ...?«

Ich nickte.

»Nun ja«, Holtgreve räusperte sich, »der Tierarzt hat die erkrankten Tiere untersucht, ist aber noch nicht zu einer abschließenden Diagnose gekommen. Eine einfache Grippe ist es nicht, soviel steht fest. Derzeit lassen wir Blut- und Urinproben in unseren Labors testen. Auf jeden Fall ist es eine ansteckende und im Extremfall auch tödliche Krankheit.«

»Es sind Affen gestorben?«

»Einer. Allerdings können wir über den Verlauf der Krankheit wenig sagen, solange wir nicht wissen, was es ist. Möglicherweise handelt es sich um das Affenfieber SHF, eine Viruserkrankung. Falls das der Fall ist, müssen wir den gesamten Bestand von Raum C vernichten und die übrigen monatelang in Quarantäne halten. Enorme zusätzliche Kosten, wie Sie sich vorstellen können.«

Ich sah die kleinen Gesichter mit den rotunterlaufenen Augen und schniefenden Nasen vor mir. »Was ist mit den entführten Affen? Könnten sie ebenfalls infiziert sein?«

Holtgreve zuckte mit den Schultern. »Wahrscheinlich nicht. Bislang ist ausschließlich Raum C betroffen. Aber ausschließen will ich im Moment gar nichts. Ein Grund mehr, die zwölf Kapuziner zurückzuholen. Seuchenhygienisch kommen wir sonst in Teufels Küche.«

Und dann machte er uns ein Angebot: Sollte es uns gelingen, die gekidnappten Kapuziner zurückzubringen, ohne daß die Öffentlichkeit davon erführe – sprich: ohne daß der Polizei oder dem Verwaltungsrat der Name seiner Tochter zu Ohren käme – würde er unser Honorar aus eigener Tasche verdoppeln.

Ich sah, wie Sigi vor ihrem geistigen Auge die Zahlen addierte. Das Ergebnis schien sie zu befriedigen. Immerhin verlangte sie von Holtgreve noch ein Zugeständnis. Und am Ende hatten wir die Erlaubnis, in Frankas Freundeskreis recherchieren zu dürfen, mit aller gebotenen Vorsicht, wie Holtgreve uns einschärfte. Denn auf die Wirkung der Anzeige, deren Text wir anschließend gemeinsam formulierten, gab ich ohnehin nicht viel.

Am Abend holte ich im *Oststern* zwei gebratene halbe Hähnchen. Doch auf die herrlich gebräunten Flattermänner, die ich auf dem Küchentisch ausbreitete, reagierte Sarah weit weniger euphorisch als ich.

»Ich mag keine toten Tiere«, sagte sie und blieb bei ihrer Meinung, während ich mein halbes Exemplar mit Heißhunger vertilgte.

Also ging ich noch einmal los und organisierte eine Portion Pommes. Zwar nicht gerade das Nonplusultra der Kindernahrung, aber wenigstens wurde sie satt.

Hinterher guckten wir uns den *König der Löwen* auf Video an. Mittendrin schlief sie ein, und ich legte sie auf die Besuchermatratze neben meinem Bett.

Irgendwann in der Nacht wachte ich auf und drehte mich um. Als ich etwas Weiches neben mir fühlte, erschrak ich. Mein erster Gedanke war, daß ich wieder mit dem Saufen angefangen hatte. Dann merkte ich, daß der Körper für eine Kneipenbekanntschaft zu klein war. Und schließlich kam ich auf die richtige Lösung.

VII

Da wir so gut wie nichts über Franka Holtgreve wußten, mußten wir bei ihrer Familie beginnen. Sigi hielt es für das Beste, in alter Besetzung bei den Holtgreves aufzukreuzen, da Papa und Mama Holtgreve unsere Gesichter schon kannten. Koslowski und die anderen Detektive, die an dem Fall arbeiteten, blieben vorläufig in Wartestellung.

Frau Holtgreves Gesicht sah nach einer schlaflosen Nacht aus. Ihre Stimme war brüchig, aber sie bemühte sich, einen gefaßten Eindruck zu machen. Ihr Mann sei geschäftlich unterwegs, sagte sie, wegen der Epidemie unter den Kapuzinern habe er nach Hamburg fahren müssen.

Wir baten sie, alles über Franka zu erzählen, was uns weiterhelfen könne, Namen ihrer Freunde, Gewohnheiten, Orte, an denen sie sich oft aufgehalten habe.

Frau Holtgreve betrachtete die gefalteten Hände in ihrem Schoß. »Das habe ich mich in den vergangenen Tagen auch gefragt: Was weiß ich eigentlich über Franka? Sie hat sich sehr stark von uns entfremdet, vor allem im letzten halben Jahr, seit sie diesem Verein angehört, der sich für die Rechte der Tiere einsetzt.«

»Warum hat sie sich dem Veganen Kommando Münsterland angeschlossen?« unterbrach ich sie.

»Ihre Protesthaltung gegen die Arbeit meines Mannes wurde immer ausgeprägter. Das begann bereits vor einigen Jahren, als Franka herausfand, was mit den Tieren geschieht, die *Arilson* importiert. Die Entdeckung, daß die niedlichen, kuscheligen Geschöpfe, die sie so sehr liebte, für Forschungszwecke, äh, verwendet werden, war ein Schock. Und dann hat sich ihre Einstellung auf andere Lebensbereiche übertragen. Sie konnte nicht mehr ertragen, daß wir Fleisch aßen. Kannibalismus nannte sie das. Sobald Fleisch auf dem Tisch stand, ist sie aufgesprungen und mit ihrer Rohkost nach oben verschwunden. Ich habe mich bemüht, ihr entgegenzukommen, immer weniger Fleisch gekocht, damit wir wenigstens am Tisch zusammensitzen konnten.« Die Holtgreve seufzte. »Franka ist neunzehn, ein schwieriges Alter, in dem man als Mutter kaum zu seiner Tochter durchdringt.«

»Geht sie noch zur Schule?« fragte ich.

»Nein. Sie hat im Frühjahr Abitur gemacht und will im Herbst anfangen zu studieren. Sie hat hier und da gejobt, im Supermarkt, bei einer Metallfabrik. Aber meistens gab es Streit mit ihren Chefs. Im Supermarkt hat sie sich geweigert, Wurst auszupacken.«

»Hat sie einen festen Freund?« erkundigte sich Sigi.

»Ich weiß es nicht.« Die große Frau lächelte bitter, als sie unsere erstaunten Blicke sah. »Sie hatte mal einen, er war in ihrer Jahrgangsstufe auf dem Gymnasium. Ein netter Kerl, ich mochte ihn gern. Er wollte nicht auf Hamburger und Bratwürste verzichten, da hat sie mit ihm Schluß gemacht.«

Ich beschrieb den Motorradfahrer.

»Nein, den kenn ich nicht.«

»Und was ist mit Freundinnen?«

»Ich habe ihre beiden besten Freundinnen angerufen, gleich an dem Morgen nach ihrem Verschwinden. Sie sagen beide, daß sie seit Wochen nichts mehr von Franka gehört haben.«

Sigi und ich sahen uns an. Die Informationen waren weniger als dürftig. Franka schien ihren Ausstieg aus der fleischessenden Gesellschaft gut geplant zu haben.

Ich fragte Frau Holtgreve, ob wir Frankas Zimmer durchsuchen dürften. Vielleicht würden wir dort einen Hinweis finden.

Das Zimmer war klein und erstaunlich gut aufgeräumt, ein Jungmädchenzimmer mit hellen Möbeln und bunten Bezügen. Vermutlich hatte es sich in den letzten Jahren kaum verändert, während seine Bewohnerin von einem Leben jenseits der Familie träumte. Über dem Bett hing ein Comicposter, ein fettes, rosiges Schwein, das mit seinem breiten Hintern einen Bauern plattdrückte und in einer Sprechblase dachte: »Ich scheiß auf dich.«

»Das hier lag auf ihrem Schreibtisch«, sagte Frau Holtgreve. Sie reichte uns ein Blatt Papier.

Die Filzstiftschrift kam mir bekannt vor: *Liebe Mama, mach dir bitte keine Sorgen! Mir geht es gut. Und laß die Bullen aus dem Spiel! Wenn sie nach mir suchen, kriegt Papa Ärger.*

Sigi und ich suchten im Schreibtisch, in diversen Umhängetaschen aus Plastik und Leinen, in Jacken, Mänteln und Hosen nach dem berühmten Notizbuch mit Namen und Telefonnummern. Wir fanden keins. Im Bücherregal stand eine Reihe von Büchern, die sich mit Tierrechten, Tierbefreiung, zehn oder zwanzig Gründen, das Fleischessen aufzugeben, vegetarischen Rezepten, Massentierhaltung und Forschungstieren beschäftigten. Und das war's auch schon.

Durch die offensichtlich dünne Wand drang ein heiseres Husten. Wir schauten Frau Holtgreve fragend an.

»Das ist Yvonne, meine jüngere Tochter.«

Ich senkte meine Stimme: »Welches Verhältnis hat sie zu Franka?«

»Ein normales, würde ich sagen. Yvonne ist zwei Jahre jünger, sie hat ganz andere Interessen. Obwohl Franka sie in einem Punkt beeinflußt hat, Yvonne ist ebenfalls Vegetarierin geworden.«

»Könnte Franka sie in ihre Pläne eingeweiht haben?«

»Nein. Yvonne würde sich mir anvertrauen, da bin ich ganz sicher.«

»Dürfen wir mit ihr sprechen?« bat Sigi.

Die Holtgreve schüttelte den Kopf. »Sie hat eine schwere Erkältung und konnte heute nicht zur Schule. Ich möchte nicht, daß sie beunruhigt wird.«

»Nur kurz«, bettelte meine Chefin.

»Na gut, wenn es denn unbedingt sein muß.«

Eine spitze weiße Nase ragte aus einem schmalen Gesicht, der Rest des Körpers war von einer Bettdecke verhüllt. Es roch nach Erkältungstee und schleimlösender Creme, ansonsten glich das Zimmer in seinen Ausmaßen und der Einrichtung dem nebenan gelegenen.

»Hallo, Yvonne«, sagte Sigi, »wir sind die Detektive, die für deinen Vater arbeiten.«

»Ich hab davon gehört.« Ihre Stimme kratzte wie eine verstimmte Gitarre.

»Wir wollen Franka finden und haben keine Ahnung, wer ihre neuen Freunde sind und wo sie sich mit ihnen getroffen hat. Kannst du uns da weiterhelfen?«

Ihr Lachen ging in ein Husten über. »Glaubt ihr, Franka ist so blöd, mir alle facts auf die Nase zu binden? Die ist echt hart drauf. Die zieht das profimäßig durch.«

Jetzt war ich dran: »Habt ihr nie über den Verein gesprochen, dem sie sich angeschlossen hat, das Vegane Kommando Münsterland?«

»Das ist kein Verein, sondern eine konspirative Gruppe. Und eine konspirative Gruppe zeichnet sich dadurch aus, daß man keine Namen oder dates ausposaunt.«

Ganz schön clever, dachte ich, und gar nicht so unbedarft, wie ihre Mutter meint.

»Aber ihr habt darüber gesprochen?«

»Claro, Franka fand das megacool, was die machten, Hochsitze von Jägern ansägen und so. Okay, was müssen diese Scheiß-Jäger auch in der Gegend rumballern. Trotzdem war mir das eine Spur zu heavy.«

»Wollte Franka, daß du bei dem Veganen Kommando mitmachst?«

»He!« Ein wütender Blick richtete sich auf mich. »Willst du mich aushorchen, oder was? Ich hab doch gesagt, daß ich von nichts weiß.«

»Ich glaube dir nicht, Yvonne«, sagte Sigi. »Und ich möchte, daß du begreifst, daß das Ganze kein Streich ist, den Franka eurem Vater spielt. Der Überfall auf das Affenhaus und die zwei Nachtwächter in Schapdetten ist ein Verbrechen, das mit Gefängnis bestraft werden kann. Und es gibt etwas sehr Beunruhigendes. Unter den Kapuzinern ist eine Krankheit ausgebrochen, vermutlich sind auch die entführten Affen infiziert. Im Interesse der Tiere wäre es das Vernünftigste, wenn sie so schnell wie möglich unter die Obhut eines Tierarztes kämen.«

Yvonne zog die Bettdecke höher. »Ihr wollt mir Angst machen.«

»Ja«, sagte Sigi ernst. »Ich habe selber Angst davor, was noch passieren kann. Falls es sich um eine ansteckende Seuche handelt, müssen wir die Polizei einschalten. Dann wird es eine großangelegte Suchaktion geben, und die Polizei wird Franka und die Affen finden, darauf kannst du dich verlassen. Noch ist es nicht zu spät. Dein Vater bietet dem Veganen Kommando an, auf eine Strafanzeige zu verzichten, ja, er ist sogar bereit, eine größere Geldsumme, sagen wir, zu spenden.«

»Das will Papa machen?« fragte Yvonne erstaunt.

»Unter zwei Bedingungen. Erstens: die Affen müssen zurückgegeben werden. Zweitens: die Veganer erklären, daß sie *Arilson* zukünftig in Ruhe lassen.«

Yvonne überlegte.

»Paß auf«, lockte Sigi weiter. »Du brauchst uns gar nicht zu verraten, wo Franka steckt. Wenn wir es von jemand anderem erfahren, hast du sie nicht verpetzt. Nenn uns einfach einen Namen!«

»Ich weiß wirklich nicht viel, ehrlich.«

Gespannt warteten wir, ob sie über die goldene Brükke ging.

»Ich hab mal zufällig ein Telefongespräch mitbekommen, da hat sich Franka mit den anderen in einer Kneipe verabredet, dem *Solambo*. Und dann war sie manchmal bei einem Künstler. Ich glaube nicht, daß er dazugehört, aber er kennt sich in der Szene aus.«

»Wie heißt der Künstler?«

»Desmond Solo.«

Wir trafen uns mit den anderen im *Dorf Münsterland*, einer Art von permanentem Schützenfest oder der westfälischen Antwort auf das Hofbräuhaus, einer Ansammlung von auf alt getrimmten Kneipen, Discos und Restaurants am Ortsrand von Legden, wo Betriebsfeste, Kegelausflüge, Hochzeiten oder einfach nur das wochenendliche Ausgehbedürfnis gefeiert wurden.

Um die Mittagszeit war es hier noch relativ ruhig. Koslowski saß hinter einem Humpen Bier, die beiden Coesfelder Kollegen, darunter auch die junge Hübsche, die sich bei der Betriebsversammlung über mich lustig gemacht hatte, begnügten sich mit Cola.

Sigi streifte Koslowskis Bierglas mit einem strafenden Blick, verkniff sich aber einen Kommentar. Dann bestellten wir Sauerkraut mit Mettendchen und Kartoffelpüree und reichten die spärlichen Informationen weiter, die wir Yvonne aus der verschnupften Nase gezogen hatten. Die sich daraus ergebende Arbeitsverteilung ließ sich an zwei Fingern abzählen, ein Team mußte sich vorsichtig im *Solambo* umschauen, das andere Desmond Solo auftreiben. Ich wollte gerade vorschlagen, daß ich mich zusammen mit Kerstin, so hieß die Coesfelder Kollegin, um das *Solambo* kümmern könnte, da hatte mich Sigi schon dazu verdonnert, an der Seite von Koslowski den vermutlich verblasenen Künstler mit dem Enterprise-Namen auszuquetschen. Da waren sie wieder, die Leiden eines abhängig Beschäftigten.

Desmond Solo stank wie ein mit Gülle gedüngtes Feld nach Künstlername. Ich setzte daher keine großen Hoffnungen in das Telefonbuch. Zu recht, wie sich schnell herausstellte.

Da das Coesfelder Kulturamt geschlossen hatte, startete ich meinen nächsten Versuch beim *Heimatverein*. Statt der erwarteten älteren Dame mit Tortenkragen, die sich mit plattdeutschen Lyrikern und Volkstheatergruppen auskannte wie in ihrer Handtasche, stieß ich auf eine junge Jeansträgerin, der Anglizismen nicht fremd waren.

»Desmond Solo? Das ist doch der Bildhauer.«

»Genau der«, lächelte ich sie an. »Haben Sie seine Adresse?«

Sie blätterte in einem umfangreichen Werk mit dem weitschweifigen Titel *Künster-Atlas Münsterland* und schrieb die Adresse auf einen Zettel.

»Kein Wunder, daß er sich Desmond Solo nennt«, sagte ich zu Koslowski, der vor der Tür gewartet hatte, »in Wirklichkeit heißt er Harald Gausepohl.«

Gausepohl wohnte in einem unscheinbaren Wohnhaus in der Nähe des Bahnhofs. Die Zwitterexistenz manifestierte sich auch auf dem Klingelschild, *Solo/Gausepohl* war dort in krakeliger Handschrift zu lesen. Anscheinend waren sie gemeinsam ausgegangen.

Ich suchte die Hausfront nach Ruheständlern ab, die durch die Klingelei ans Fenster gelockt wurden. Und tatsächlich erschien im ersten Stock ein grauer Kopf zwischen Topfpflanzen. Ein Winken, und die Seniorin öffnete bereitwillig das Fenster.

»Herr Gausepohl ist um diese Zeit immer in seinem Atelier«, berichtete sie stolz. »Er ist ja so fleißig.« Und sie wußte sogar, wo sich das Atelier befand.

Harald Gausepohl teilte sich mit anderen Künstlern eine stillgelegte Kugellagerfabrik am Dreischkamp, vermutlich solange, bis der Stadt für das Gelände eine ökonomischere Nutzung einfiel. Die muffigen Gänge waren seit Jahrzehnten nicht mehr gestrichen worden und voller Kritzeleien und angeklebter Zettel. Es roch nach Farbe, Terpentin und verbrauchter Kreativität.

Hinter der Tür, in die Desmond Solos Name eingebeizt war, tat sich eine andere Welt auf. Solos Atelier war sauber, hell und mindestens sieben Meter hoch. Großvolumige, abstrakte Skulpturen aus Metall, Ton und Holz standen herum, auf einem Tapeziertisch lagen Entwürfe aus Pappe. Der Künstler selbst feilte an einem überlebensgroßen, mit Dellen versehenen Metallblock, über dem, von zwei schmalen Streben gehalten, eine flache Scheibe schwebte.

»Herr Solo«, sagte ich.

Unwirsch unterbrach er das Feilen. »Was wollen Sie?«

Er trug eine grüne Pluderhose und ein beiges, gerüschtes T-Shirt. In Münster hätte man seine Kleidung für tuntig gehalten, womöglich handelte es sich aber bloß um die in Coesfeld allgemein anerkannte Künstlertracht.

»Mit Ihnen reden.«

»Ich bin beschäftigt, das sehen Sie doch.«

Koslowski wackelte an einem schwarzen Sockel, aus dem metallische Schienen in die Luft ragten.

Solo wurde nervös. »He, was machen Sie da? Lassen Sie die Figur los!«

Koslowski ließ los, und der Sockel kam nach einem bedenklichen Schwanken zum Stillstand.

»Wie heißt das Kunstwerk?« fragte ich.

»Autobahnkreuz, aber das ist ... Kommen Sie etwa von einer Galerie oder einem Museum?« Solo rollte das R, eine Eigentümlichkeit vieler Coesfelder.

»Wir sind aus privater Neigung kunstinteressiert«, antwortete ich.

Koslowski sah sich um, dann trat er zu einer baumlangen Holzfigur und prüfte deren Statik.

»Sagen Sie ihm, er soll das lassen! Die Skulpturen sind wertvoll.«

»Er muß alles anfassen, das ist so seine Art«, bedauerte ich. »Wenn Sie allerdings mit uns reden wollen ...«

»Ja, verdammt nochmal.«

»Geht das auch freundlicher?«

Ich fragte mich, wie lange Koslowski die Figur halten konnte, sein Gesicht wurde bereits rot vor Anstrengung.

»Womit kann ich Ihnen dienen?« hauchte Solo entsetzt.

»Sehr schön«, lobte ich ihn.

Koslowski brachte die Holzstele in die Senkrechte und klopfte sich die Hände ab. Solo atmete erleichtert auf.

»Kennen Sie das Vegane Kommando Münsterland?«

Der Künstler erbleichte unter seinem in den Spitzen ergrauten Vollbart. »Veganes Kommando Münsterland, was ist das?«

Ich schaute mich zu Koslowski um.

»Ja, ich habe davon gehört«, sagte Solo schnell. »Die wenden sich gegen Tierquälerei und so.«

»Franka Holtgreve war oft bei Ihnen.«

»Sie war ein paarmal hier, das stimmt. Sie interessiert sich für meine Arbeit.«

»Wo haben Sie sie kennengelernt?«

Solo kräuselte die Stirn. »Das weiß ich nicht mehr.«

»Im *Solambo*?«

»Schon möglich. Worauf wollen Sie eigentlich hinaus?«

»Haben Sie etwas mit ihr?«

»Mit Franka?« Er lachte empört. »Ich bin zwanzig Jahre älter.«

»Das ist für manche Männer kein Hindernis, vor allem, wenn sie reich oder berühmt sind.«

»Ich bin keines von beiden, und ich habe eine Freundin.«

»Auch das ist kein Hinderungsgrund.«

»Für mich schon. Mein Kontakt zu Franka ist rein freundschaftlich. Sie überlegt, ob sie sich für ein Studium an der Kunsthochschule bewerben soll. Ich habe ihr ein paar Tips gegeben, nichts weiter.«

Koslowski stand inzwischen neben mir. Als ich seine Stimme hörte, konnte ich mir seinen Gesichtsausdruck lebhaft vorstellen. Wenn er seine Böser-Junge-Nummer abzog, richteten sich auch bei härteren und kräftigeren Burschen als Desmond Solo die Nackenhaare auf.

»Genug mit dem Schmu, Harald Gausepohl. Wo ist Franka?«

Solo wich einen Schritt zurück. »Wieso? Ist sie denn verschwunden?«

»Wo sind die Affen?« knurrte Koslowski.

»Welche Affen?« kreischte Solo.

»Geben wir ihm noch eine Chance«, sagte ich und tat so, als hielte ich meinen Partner davon ab, den schmächtigen Künstler zusammenzuschlagen. Jedenfalls nahm ich an, daß Koslowski das nicht ernsthaft vorhatte. »Franka«, wandte ich mich wieder an Solo, »ist vor einigen Tagen in ein Gebäude der Firma *Arilson* eingedrungen und hat zwölf Kapuzineraffen geraubt. Wir wollen die Affen zurückhaben, nichts weiter. Keine Polizei, keine Strafanzeige, niemandem geschieht was.«

»*Arilson* – ist das nicht die Firma ihres Vaters?«

»Richtig.«

»Ich habe keine Ahnung« beteuerte Solo. Unter seinen Armen bildeten sich häßliche Schweißflecken, obwohl es im Atelier relativ kühl war.

»Du gehörst doch selber diesem blöden Kommando an«, grollte Koslowski.

»Und Sie haben Franka überredet, mitzumachen«, ergänzte ich.

»Nein, im Gegenteil. Franka hat mir davon erzählt. Sie wollte, daß ich mich dem Kommando anschließe. Aber das ist nicht mein Ding. Ich nehme als Künstler Stellung, meine Arbeit hat eine gesellschaftskritische Dimension. Deshalb muß ich nicht mit einer Fahne herumrennen oder Affen befreien.«

Ich tätschelte den anthrazitfarbenen Metallblock. »Das gefällt mir. Was stellt es dar?«

»Die Skulptur heißt *Frau mit Sonne.*«

»Ach, dann ist das da oben die Sonne?« Ich zeigte auf die flache Scheibe.

Solo stöhnte. »Ja sicher.«

»Ist das Werbung für Sonnenenergie oder eine Warnung vor dem Ozonloch?«

»Meinetwegen auch eine neue Hutmode. Nein, bitte!«

Koslowski hatte seinen Fuß gegen die Skulptur gestemmt.

»Die Figur soll nächste Woche vor einer Schule aufgestellt werden. Tun Sie das bitte nicht!«

»Nennen Sie uns Namen!« forderte ich ihn auf.

»Ich kenne keine Namen. Ich habe Franka nie danach gefragt, und ich wollte es auch gar nicht wissen.«

Koslowski drückte.

»Halt! Franka hat mal erwähnt, daß sie sich im *Solambo* treffen.«

»Und Sie gehen auch ins *Solambo.*«

»Womöglich habe ich den einen oder anderen Veganer tatsächlich dort gesehen. Aber die tragen ja keine Schilder an den Jacken.«

Wir ließen es dabei bewenden, vorläufig, wie wir Desmond gegenüber betonten, um ihm auch nach unserem Abgang ein paar Schweißausbrüche zu verschaffen.

»Kann man eigentlich davon leben?« fragte ich aus purer Neugierde.

»Wovon?«

»Von der Kunst.«

»Komisch, das fragen alle. Nicht: Macht Ihnen Ihre Arbeit Spaß? Was haben Sie als nächstes vor? Oder: Sind Sie mit der staatlichen Kunstförderung zufrieden? Nein. *Kann man davon leben*?«

»Und? Kann man?«

»Ich tu's ja, wie Sie sehen. Mal besser und mal schlechter. Wenn ich eine Skulptur verkaufe, geht's mir eine Zeitlang gut. Ansonsten hangele ich mich von einer Ausstellung zum nächsten Förderstipendium.«

»Hab ich mir fast gedacht.«

»Klugscheißer«, murmelte Solo.

Ich tat so, als hätte ich es nicht gehört.

»Einen Moment lang habe ich geglaubt, du würdest ihn verprügeln.«

»Was du von mir denkst, Wilsberg.« Koslowski drehte sich um und fischte eine Tasche vom Rücksitz des Firmen-Audi. »Der Typ hat viel mehr Angst um seine Klötze als um seine Gesundheit.« Er zog einen metallischen Kasten, der entfernt an ein Autoradio erinnerte, aus der Tasche.

»Was ist das?«

»Ich traue dem lieben Desmond nicht.« Koslowski drehte an Knöpfen, und wir hörten ein Rauschen. »Eine kleine Wanze – ich habe sie an diesem Teil angebracht, das aussieht wie ein verunglücktes Gemüse.«

»Autobahnkreuz«, sagte ich. »Aber was versprichst du dir davon? Meinst du, er führt Selbstgepräche?«

»Wo hast du nur deine Augen, Wilsberg? Auf dem Tapeziertisch lag ein Handy.«

Koslowski fummelte weiter an den Knöpfen, bis es ihm gelang, das Rauschen zu dezimieren. Und plötzlich hörten wir Solos Stimme.

»... ja, sag ich doch, diese beiden Schläger sind hinter euch her ... im Auftrag von Frankas Vater nehme ich an ... ich mußte, nein, Marcel, hör mir doch zu, ich mußte ihnen etwas anbieten, sonst hätten sie meine *Frau mit Sonne* zerstört ... also, auf keinen Fall ins *Solambo* ... ja, das *Café Regenbogen* ist auch gut, warum nicht ...«

Der blonde Hüne grinste. »Siehst du?«

»Warum unterschätze ich dich bloß immer?« fragte ich mich laut.

»Weil du eingebildet bist, Wilsberg«, sagte Koslowski. »Aber das macht nichts. Ich habe mich daran gewöhnt.«

VIII

Das *Café Regenbogen* befand sich in der Schüppen-Straße, einem Teil der etwa fünfhundert Meter langen Coesfelder Fußgängerzone. Das machte die Observation nicht einfacher, denn wir mußten die sichere Deckung des Autos verlassen. Koslowski und ich versteckten uns am Markt hinter der Lamberti-Kirche, mit Blick nicht nur auf das Café, sondern auch auf eine kleine Skulpturen-Ausstellung. Neben einem Brunnen mit mehreren Kugeln, für die wohl Claes Oldenburgs Aaseekugeln Pate gelegen hatten, gab es einen überdimensionalen Wetterhahn mit menschlichem Kopf und eine verendende Wildsau aus Bronze. Desmond Solo mußte bei der Vergabe leer ausgegangen sein, er arbeitete weniger realistisch.

Das Coesfelder *Sec Check*-Team, das die sinnlos gewordene Überwachung des *Solambo* aufgegeben hatte, postierte sich auf der anderen Seite des Cafés, in der Kupferpassage. Zu viert nahmen wir die Gäste des *Regenbogen* ins Kreuzfeuer unserer Teleobjektive, die Fotos, so hofften wir, würden zur Identifizierung einiger Veganer und diese uns anschließend zu den Affen führen. Nur Rentner und Kinder unter acht Jahren fotografierten wir nicht, aber da es sich beim *Café Regenbogen* um eine Szene-Kneipe handelte, waren diese Personengruppen ohnehin selten.

Gegen sieben zog ein Gewitter mit heftigem Regenschauer auf, und ich rannte zum Auto, um den im Kofferraum verstauten Regenschirm zu holen, den ich anschließend, völlig selbstlos, über Koslowskis Kopf hielt, weil der gerade mit Fotografieren dran war.

Um halb neun, ich war inzwischen naß, müde und übellaunig, wurde der bis dahin tröpfelnde Publikumsstrom reger. Immer mehr junge Menschen, deren

Habitus zu Tierbefreiern paßte, betraten einzeln oder in Gruppen das *Regenbogen*. Koslowski verschoß einen Film nach dem anderen.

Ich entdeckte ein dünnes blondes Mädchen.

»Gib mir mal den Apparat!« verlangte ich.

Bevor sie im Eingang verschwinden konnte, erwischte ich ihren Kopf im Zoom. Tatsächlich hatte ich das schmale, unschuldige Gesicht heute schon einmal gesehen. »Das war Yvonne Holtgreve«, meldete ich meinem Partner.

»Scheiß mich an«, knurrte Koslowski, »ich denke, die ist krank.«

»Heute morgen war sie es noch. Eine Wunderheilung, nehme ich an.«

»Die Kleine hat euch gelinkt. Die steckt weit tiefer drin, als ihrer Mutter im Traum einfallen würde.«

»Sieht ganz so aus. Und dabei tat sie mir richtig leid.«

»Trau keiner unter zwanzig«, schloß Koslowski das Thema ab.

Und dann kam der größte lebende Bildhauer Coesfelds, Desmond Solo alias Harald Gausepohl.

Koslowski schmatzte und leckte seine Lippen. »Wir sollten reingehen und die ganze Bande aufmischen. Wetten, daß ich nur fünf Minuten brauche, um das Versteck der Affen zu erfahren.«

»Auf gar keinen Fall«, sagte eine Stimme hinter uns.

»Aber Chef!« protestierte der blonde Kleiderschrank. »Da drin sitzen einige, die genau wissen, wo die Affen stecken. Ich schnapp mir einen oder zwei von denen, geb ihnen ein paar Klapse, und schon ist unser Job erledigt.«

»Ich will keine Kneipenschlägerei, ist das klar?« sagte Sigi.

»Aber warum denn nicht?«

»Weil ich Holtgreve gegenüber im Wort stehe. Unsere Aufgabe ist eindeutig definiert: jedes Aufsehen vermeiden. Ihr verfolgt Desmond Solo, Kerstin und Viktor nehmen Yvonne. Haben wir uns verstanden?«

»Ja, Chef«, murmelte Koslowski.

Desmond Solo kam um elf wieder heraus, allein. Coesfelder Nachtschwärmer waren eine eher seltene Spezies, und so ließen wir ihm reichlich Vorsprung. Solo ging geradewegs zum Parkplatz an der Ritter-Straße, wo er seinen verrosteten Toyota abgestellt hatte. Das bedeutete, daß wir einen langgezogenen Sprint quer durch einen kleinen Park zu unserem eigenen Auto hinlegen mußten, das vor dem St.-Vincenz-Hospital stand. Nachdem wir einige Verkehrsregeln und Ampeln mißachtet hatten und immer noch nach Luft rangen, erwischten wir seine Rücklichter auf der Daruper Straße.

Die Anstrengung war allerdings völlig umsonst, denn Desmond fuhr zu seinem Atelier.

»Der Kerl ist ja wirklich fleißig«, hechelte Koslowski.

»Die *Frau mit Sonne*«, sagte ich flach. »Einige Dellen schienen mir noch nicht perfekt.«

»He?« machte Koslowski.

»Das ist Kunst, davon verstehst du nichts.«

Wir warteten, bis das Licht im Atelier anging. Dann stiegen wir aus, um dem Künstler unsere Aufwartung zu machen. So leicht wie am Nachmittag würde er sich nicht mehr herausreden können.

Ein roter Alfa schoß an uns vorbei und hielt mit quietschenden Reifen. Eine nicht mehr ganz junge, dafür umso erfolgreicher aussehende Blondine sprang heraus und eilte zum Eingang der Kugellagerfabrik.

»Warte!« sagte ich zu Koslowski.

»Was meinst du?« fragte er zurück.

»Das könnte Gausepohls Freundin sein.«

»Die? Kann ich mir nicht vorstellen. Sieht so aus, als hätte sie Geld und einen anständigen Beruf.«

»Eben. Wie überlebt ein freischaffender Künstler in unseren harten Zeiten? Nur mit einer wohlhabenden Freundin.«

Wir gingen zurück zum Audi, Koslowski aktivierte das Abhörgerät, und prompt hörten wir ein Türknallen und Solos erstaunte Stimme: »Was machst du denn hier?«

»Ich muß mit dir reden.« Die Alfa-Blondine.

»Was heißt, du *mußt*? Ist irgendwas nicht in Ordnung?«

»Seit heute mittag versuche ich dich zu erreichen. Hörst du deinen Anrufbeantworter nicht ab?«

»Ich war den ganzen Tag im Atelier.«

»Hier habe ich's auch probiert.«

»Ich schalte das Handy aus, wenn ich arbeite. Du weiß doch, ich kann mich nicht konzentrieren, wenn dauernd das Telefon klingelt. Nächste Woche wird die Skulptur aufgestellt, und sie ist noch nicht annähernd so, wie ich sie mir vorstelle.«

»Und wo warst du um neun Uhr?«

»Mein lieber Scholli, die quetscht ihm aber die Eier«, sagte Koslowski anerkennend.

»Um neun Uhr? Da war ich im *Café Regenbogen*. Nicht zu meinem Vergnügen, übrigens. Ich mußte mich um eine Sache kümmern.«

»Welche Sache?« Die Stimme der Alfa-Frau war scharf wie ein Skalpell.

»Mein Gott, Gesine, ist das ein Verhör, oder was?« fragte Solo beleidigt. »Es geht um eine Gruppe von Leuten, die Affen befreit haben, Affen, die für irgendwelche idiotischen Versuche gequält werden sollen.«

»Genau darüber will ich mit dir reden, Harald. In meiner Schule geht das Gerücht um, daß Franka Holtgreve an der Aktion beteiligt ist.«

»Na und?«

»Das fragst du noch?« Sie schrie jetzt. »Yvonne Holtgreve *ist* in meinem Leistungskurs. Franka Holtgreve *war* in meinen Kursen. Selbst der Direktor weiß, daß ich mit dir befreundet bin, und du steckst da irgendwie mit drin.«

»Ich stecke da nicht drin«, verteidigte sich Solo. »Die saubere Franka hat sich hier herumgetrieben.«

»Wir haben nur geredet, das habe ich dir doch schon zigmal erklärt.«

»Wie auch immer. Das interessiert mich im Moment nicht. Nächstes Jahr steht meine Beförderung zur Oberstudienrätin an. Die möchte ich nicht verpassen, und vor allem möchte ich nicht, daß Polizei in der Schule auftaucht und sich nach mir erkundigt.«

»Nun bleib doch mal locker, Gesine!« brüllte Solo.

»Schrei mich nicht an!« blaffte sie zurück. »Du hast selbst gesagt, daß du dich mit den Affenbefreiern getroffen hast.«

»Ja, weil ich sie davon abbringen wollte. Die Geschichte wird zu gefährlich. Heute waren schon zwei Typen hier, die mich nach Franka ausgehorcht haben.«

»Polizei?« fragte Gesine bang.

»Nein, sie haben sich aufgeführt wie Mafia-Schläger. Ich nehme an, es waren Privatdetektive, die im Auftrag von Frankas Vater arbeiten. Soweit ich weiß, hat der alte Holtgreve die Geschichte noch nicht an die große Glokke gehängt.«

»Mafia-Schläger. Der Fatzke sollte mal wirklich die Bekanntschaft der Russen-Mafia machen«, maulte Koslowski.

»Pscht!« machte ich.

»Nein«, antwortete Solo auf eine Frage von Gesine, die wir nicht gehört hatten. »Im übrigen habe ich nicht mit dem harten Kern geredet, sondern nur mit den Unterstützern. Und die meinen, Franka und die anderen sind so hart drauf, die geben jetzt nicht klein bei.«

»Harald!« Die Schärfe in ihrer Stimme war einem schmeichelnden Ton gewichen. »Warum gibst du dem alten Holtgreve nicht einen Tip, anonym selbstverständlich. Du sagt ihm, wo die Affen sind, und das Problem erledigt sich von selbst. Er wird ja seine eigene Tochter nicht an die Polizei verpfeifen.«

»Selbst wenn ich es wollte, ich könnte es nicht, Gesine. Ich weiß wirklich nicht, wo die Affen sind. Sie stekken irgendwo hier in der Nähe, und da gibt es Tausende von Möglichkeiten.«

»Verdammter Mist«, fluchte ich.

Koslowski schaltete das Gerät aus. »Das war's dann wohl für heute.«

War es dann allerdings doch noch nicht. Mitten in der Nacht, besser gesagt, in den frühen Stunden des Sonntagmorgens, gab es noch eine Abschlußbesprechung im Hauptbüro von *Security Check* am Prinzipalmarkt. Alle Anwesenden waren mindestens achtzehn Stunden auf den Straßen des Münsterlandes unterwegs gewesen und hingen müde und grau in den Sesseln. Selbst Kerstin hatte ihren frischen ländlichen Teint verloren.

In Anbetracht der Umstände ging die Sitzung als eine der kürzesten in die Protokolle von *Sec Check* ein. Koslowski und ich erfuhren, daß Yvonne Holtgreve vom *Café Regenbogen* direkt zum Haus ihrer Eltern gefahren und dort geblieben war, unsererseits berichteten wir knapp das Wissenswerteste über die Doppelexistenz von Harald Gausepohl und Desmond Solo.

Anschließend wurden die Aufgaben der nächsten Tage verteilt. Das Coesfelder Team sollte anhand der Fotos, die wir von den Gästen des *Café Regenbogen* geschossen hatten, den Kreis der Verdächtigen einengen, Koslowski überwachte weiterhin Solo/Gausepohl, ich übernahm Yvonne Holtgreve.

Jedoch erst ab Montag morgen. Denn in einem Anfall von ungeahnter Großzügigkeit spendierte uns Sigi einen freien Sonntag.

Da es keinen Sinn machte, Aische zu wecken und eine schlafende Sarah durch die Gegend zu tragen, fuhr ich zu meiner Wohnung im Kreuzviertel. Nachdem ich mich ausgezogen und eingecremt hatte, mußte ich feststellen, daß ich viel zu übermüdet war, um einzuschlafen zu können. Also starrte ich an die heller werdende Zimmerdecke und dachte über Sarah, Imke und mein gescheitertes Berufsleben nach. Als ich mir endlich genug Selbstvorwürfe gemacht hatte, sackte ich in einen unruhigen Schlaf.

Vom zu kurzen und unerquicklichen Schlaf gerädert, holte ich Sarah am späten Vormittag ab. Wir fuhren zum münsterschen Allwetterzoo, der seinem Namen alle Ehre machte. Zuerst schien die Sonne, dann regnete es, schließlich gab es beides zusammen und einen Regenbogen obendrauf.

Sarah interessierte sich mehr für den Kinderspielplatz als für das tierische Beiwerk. Ich sah andere Kinder, die ihre Tamagotchis, elektronische, japanische Bildschirmtiere, fütterten. Wenn die Entwicklung so weiterging, würden Zoos mit lebenden Tieren bald überflüssig sein. Die Milchzahngeneration konnte man eher mit Computeranimationen locken, Löwenstreicheln im Cyberspace etwa oder dem per Joystick steuerbaren Ringkampf zwischen Gorilla und Grizzly.

Als der nächste Regenschauer einsetzte, gelang es mir doch noch, Sarah ins Affenhaus zu locken. Knallhart diktierte sie die Bedingung für den von mir vorgeschlagenen kleinen Rundgang: zwei Eis am Stiel. Ich willigte ein, was blieb mir anderes übrig.

Sarah mochte mich immer noch, auch wenn sich der Schatten von Chris, Imkes lackaffigem Lebensgefährten, zwischen uns schob. Und ich hielt Sarah für das Beste, was mir in meiner bislang einzigen und ziemlich kurzen Ehe passiert war. Eine Ehe, die von vorneherein ein großes Mißverständnis war. In den Jahren, die Imke im Gefängnis verbrachte, nachdem sie die Spitze des Lambertiturms in die Luft gejagt hatte, erträumten und liebten wir wohl beide Idealbilder des jeweils anderen. Die Realität in Freiheit und Kleinfamilie konnte damit nicht konkurrieren. Wie bei zwei Planeten, die sich nach langer Parallelfahrt durchs All endlich vereinen, gab es den großen Knall.

»Und nun?« fragte ich Sarah. Es tat mir leid, daß ich so wenig Zeit für sie übrig hatte.

»Wann gehen wir wieder zu Aische?« fragte sie zurück.

Sie hatte sich in den letzten Tagen mit den Kindern von Aische angefreundet. Mein Renommee war dabei eindeutig angekratzt worden. Aber ich war zu müde und zu frustriert, um es kurzfristig aufzupolieren.

Auf dem Weg zu Aisches Wohnung hielt ich an einer Bäckerei und kaufte eine Ladung Kuchenstücke. Und dann machten wir uns einen süßen und kalorienreichen Sonntag nachmittag.

IX

Am Montag mittag parkte ich vor dem Heriburg-Gymnasium in Coesfeld und beobachtete die herausströmenden Schüler, die den üblichen Lärm von Heranwachsenden veranstalteten. Von Frau Holtgreve hatte ich erfahren, daß Yvonne mit dem Bus direkt zum Hallenbad fahren würde. Sie sei eine gute Schwimmerin und wolle es sich trotz ihrer Erkältung nicht nehmen lassen, das Training im Schwimmverein zu absolvieren, weil sie sich zur Zeit intensiv auf die im nächsten Monat stattfindenden Coesfelder Kreismeisterschaften vorbereite, sagte ihre Mutter.

Ich entdeckte Yvonne in einem Pulk von Mädchen. Offenbar wurden Verabredungen und letzte spöttische Bemerkungen über Lehrer und Mitschüler ausgetauscht, bevor einige zu den Fahrradständern, andere zur Bushaltestelle eilten.

Yvonne blieb auf dem Bürgersteig stehen und blickte sich um. Dann ging sie, nur wenige Meter von mir entfernt, quer über die Straße. Inzwischen lag ich unter dem Lenkrad und hoffte, daß sie mich nicht entdeckt hatte.

Drei Autos vor mir stand ein auf dem Schrottplatz recycelter Golf, bis auf das Dach und die Heckklappe besaß er keine farblich übereinstimmenden Teile. Yvonne öffnete die Beifahrertür, warf ihre Schultasche auf den Rücksitz und stieg ein. Dann stürzte sie sich in die Arme eines langhaarigen Burschen, der überhaupt nicht aussah wie der Fitneßtrainer eines Schwimmvereins. Soweit zum Thema Vertrauensverhältnis zwischen Mutter und Tochter.

Als sie ihre intensive Mund-zu-Mund-Beatmung abgeschlossen hatten, brachte der Bursche den Golf auf Trab. Mit einigem Röcheln und Klappern schaffte es der Motor im Stadtverkehr auf vierzig Stundenkilometer, was mir die Verfolgung etwas vereinfachte. Die Fahrt ging über den Basteiring nach Süden. Das Hallenbad lag in der entgegengesetzten Richtung, aber meine Überraschung darüber hielt sich in Grenzen. Mittlerweile machte ich mir große Hoffnungen, der Lösung unseres Falles an diesem Tag ein erhebliches Stück näher zu kommen.

Vor der Filiale einer bundesweit operierenden Lebensmittel-Billigkette legten wir den ersten Stopp ein. Vor vielen Jahren hatte die Kette mal in dem Ruf gestanden, die gesellschaftlichen Unterschichten mit miesen Lebensmitteln zu sozialhilfegerechten Preisen zu versorgen, doch mittlerweile deckten sich auch Professorengattinnen bei ihr ein. Als Yvonne und ihr Lover nach einer Viertelstunde wieder herauskamen, schleppten sie an zwei großen, gut gefüllten Kartons. Ich nahm an, daß es sich um die Tagesration der Affenbewacher handelte.

Zeit, der Zentrale von meinen Erfolgen zu berichten. Ich schnappte das Handy vom Beifahrersitz und bat Aische, mich zu Sigi durchzustellen.

»Ich bin auf der richtigen Spur«, sagte ich stolz.

»Yvonne hat so viele Lebensmittel eingekauft, daß es entweder für einen dreiwöchigen Campingurlaub reicht oder für zehn Veganer und zwölf Kapuzineraffen.«

»Brauchst du Verstärkung?« fragte Sigi.

»Nein, vorläufig nicht. Es wäre zu auffällig, wenn wir sie im Konvoi verfolgen. Sobald ich weiß, wo das Versteck liegt, melde ich mich wieder.«

»Sei vorsichtig!« sagte Sigi.

»He, du sprichst mit jemandem, der zehn Berufsjahre auf dem Buckel hat.«

»Du bist und bleibst Georg Wilsberg«, meinte meine Chefin sibyllinisch.

Ich war zu beschäftigt, um über den Sinn ihrer Worte nachzudenken. Der Golf hatte die Stadtgrenze von Coesfeld passiert und bretterte über die B 67 auf Darup zu. Wir kamen durch Nottuln und dann in das Stevertal. Hier zogen nur noch Kühe, Pferde und Busladungen mit Butterfahrttouristen ihre Kreise. Notgedrungen mußte ich dem Golf einen größeren Vorsprung lassen. Am Ende der schmalen Straße, die sich durch das Stevertal schlängelte, prügelte Yvonnes Lover sein altersschwaches Gefährt einen landwirtschaftlichen Nutzweg zu den Hügeln der Baumberge hinauf. Es war eine lange, schnurgerade Allee, gesäumt von jungen, eben der Baumschule entwachsenen Birken, die keinen Sichtschutz boten. Ich wartete, bis der Golf im oberen Waldsaum verschwunden war, dann jagte ich meinen Audi hinterher. Oben angekommen, blickte ich mich um. Links gab es einen kleinen Parkplatz für Waldspaziergänger, rechts einige Bauernhöfe. Da der Golf nicht auf dem Parkplatz stand, konnte er nur zu einem der Bauernhöfe gefahren sein.

Ich stellte den Wagen ab und ging zu Fuß weiter. Der erste Bauernhof lag still und ruhig in der Mittagssonne. Es war ein typisch münsterländisches Exemplar mit großem Wohnhaus, Scheune und Stallungen, die gemeinsam ein fast quadratisches Bollwerk bildeten. Auf dem gepflasterten Innenhof stand ein Traktor. Es stank intensiv nach Tiermist, und Millionen von Fliegen schwirrten herum.

»Jo, watt gibt's?« Ein Bauer in Gummistiefeln und grüner Filzjacke tauchte hinter dem Traktor auf. Zuerst hielt ich ihn wegen seines schwerfälligen Ganges für alt, doch dann sah ich, daß das rotwangige Gesicht unter dem zerknautschten Hut eher zu einem jungen Menschen paßte.

»Ich suche einen Golf, nicht mehr ganz fabrikneu, hauptsächlich rot, aber auch mit ein paar schwarzen und braunen Teilen.«

»Warum?« Der Bauer spuckte auf den Boden.

»Ich habe ihm versehentlich einen Seitenspiegel abgefahren, unten auf dem Parkplatz.« Ich zeigte dahin, wo ich Nottuln vermutete. »Es ist mir sehr peinlich, ich meine, es kann ja jemand gesehen und mein Kennzeichen notiert haben. Deshalb möchte ich dem Fahrer meine Karte geben. Ich bin selbstverständlich bereit, für den Schaden aufzukommen.« Keine gute Geschichte, aber besser als gar keine.

»Hier gibt's keinen Golf.«

»Vielleicht einer Ihrer Nachbarn. Ich habe zuerst gewartet und bin dann nur kurz in einen Laden gegangen. Als ich herauskam, fuhr der Golf gerade ab. Wirklich, die Sache ist mir sehr unangenehm. Also bin ich dem Golf gefolgt. Und hier oben habe ich ihn verloren.«

»Nö, nich, daß ich wüßte.«

Aus der Scheune kam ein metallisches Geräusch. Es hörte sich an wie das Zuschlagen einer Autotür. Wir guckten beide zur Scheune.

»Ja, dann entschuldigen Sie bitte die Störung. Und vielen Dank!« sagte ich.

»Nichts zu danken.« Er blieb stehen und sah zu, wie ich über den Schotterweg zur Straße zurückging.

Als ich außer Sichtweite war, kehrte ich um und schlich mich von hinten an die Scheune heran. Etwa einen halben Meter über meinem Kopf gab es zwei kleine, verdreckte Oberlichter. Ich schaute mich nach etwas Brauchbarem für ein Podest um und entdeckte alte LKW-Reifen, die eine weiße Plane beschwerten, unter der ein Berg Futtermittel oder was auch immer gärte. Mit Hilfe von zwei übereinandergeschobenen Reifen gelang es mir, einen Blick in die Scheune zu werfen. Und da stand er, der verrostete Golf.

Frohen Mutes schritt ich zum Audi zurück. Falls sich die Affen nicht auf dem Bauernhof befanden, waren sie doch garantiert in der Nähe. Und Koslowski würde es schon gelingen, den Bauern zum Reden zu bringen.

Ich stutzte. Drei Typen, zu jung, um als Waldspaziergänger durchzugehen, lungerten auf dem Parkplatz herum. Und dummerweise lag das Handy immer noch auf dem Beifahrersitz.

Natürlich hätte ich in den Wald flüchten können. Quer über die Baumberge waren es zu Fuß kaum drei Stunden bis Havixbeck. Aber in letzter Zeit hatte ich das Langlauftraining etwas vernachlässigt. Nüchtern betrachtet, waren meine Chancen, den dreien zu entkommen, geringer als die von Boris Becker, noch einmal Wimbledon zu gewinnen. Also ließ ich es darauf ankommen.

Sie hatten mich natürlich längst gesehen, taten aber so, als unterhielten sie sich über die nächste Dorf-Disco, wobei sie betont desinteressiert den tannenzapfenübersäten Waldboden betrachteten.

Ich schritt zügig zum Audi, die geringe Chance ergreifend, die mir nach der Wahrscheinlichkeitsrechnung blieb. Die Tatsache, daß sich der unsympathische Motorradfahrer nicht unter den dreien befand, gab mir Auftrieb.

Allerdings nur bis zu dem Moment, in dem ich die Autotür aufschloß. Sofort standen die drei hinter mir.

»Wir wollen mit Ihnen reden«, sagte eine spätpubertierende Stimme.

Ich drehte mich um. »Ich aber nicht mit euch.«

Der Wortführer, ein aknegeschädigter Jüngling mit kurzen Haaren und einem schwarzen T-Shirt, auf dem *animal peace* stand, ließ sich nicht beirren: »Zwingen Sie uns nicht, Gewalt anzuwenden. Gewalt ist uns zuwider, aber wenn Sie uns keine andere Wahl lassen, werden wir davon Gebrauch machen.«

Ich lächelte bekümmert. »Gewalt ist mir auch zuwider, besonders, wenn sie gegen mich gerichtet ist. Also redet!«

»Nicht hier.«

»Wo denn?«

Er reckte seine pickelige Kinnspitze in Richtung Wald. Die Aussicht auf eine Unterredung im Unterholz schien mir nicht sehr verlockend. Man las so viel über Leichen, die unter Bergen von Laub vermoderten.

Das schwarze T-Shirt wurde assistiert von einem pummeligen Knaben, dem der Schweiß über das Gesicht lief, und einer magersüchtigen Gestalt mit mindestens sechs Ringen in der Augenbraue, die so aussah, als wäre sie in einem früheren Leben eine Gardinenstange gewesen. Mit jedem von ihnen allein wäre ich leicht fertig geworden, doch zusammen brachten sie wahrscheinlich ein paar Hände und Füße zuviel ins Ziel.

Ich versuchte es mit einem Bluff. »Tut mir leid, Freunde, ihr habt es nicht anders gewollt.« Bei diesen Worten schob ich meine Hand unter das Jackett, als würde ich eine Pistole ziehen.

Der Bluff funktionierte nicht, denn wie auf Kommando stürzten sich alle drei auf mich. Keine Sekunde später lag ich auf dem Asphaltboden und konnte nachvollziehen, wie sich ein Bundesligastürmer nach einem geschossenen Tor fühlen mußte.

»Okay, okay«, keuchte ich, »ich bin nicht bewaffnet.«

Sie zogen mich hoch und fesselten mir die Hände auf dem Rücken. Dann marschierten wir schweigend in den Wald.

Nach fünf Minuten machte ich ein neues Gesprächsangebot: »Haben wir ein bestimmtes Ziel oder laufen wir nur ein bißchen herum?«

»Das werden Sie gleich sehen«, sagte der Aknejüngling. Alles in allem war er ein recht höflicher Mensch, jedenfalls hatte ich schon schlimmere Gewalttäter erlebt.

Tatsächlich erreichten wir bald darauf eine schmale Straße, die sich durch den Wald fraß. Wir folgten ihr bis zu einer Stelle, an der sich, so vermutete ich, früher einmal ein Steinbruch befunden hatte. Hinter einer geraden, von Gestrüpp überwucherten Fläche erhob sich eine etwa zehn Meter hohe Felswand. Nach dem Krieg hatte man hier in der Gegend noch eine Menge Baumberger Sandstein gewonnen. Allerdings galt er als wenig wetterfest, und mit dem auf Touren kommenden Wirtschaftswunder waren die kleineren Steinbrüche stillgelegt worden.

Die Jungs schoben zwei Büsche zur Seite, die den Eingang einer Höhle verdeckten. Und kaum hatte ich das dunkle Loch betreten, roch ich schon die Kapuzineraffen.

Je weiter wir hineingingen, desto erstaunter war ich über die Größe des Höhlensystems. Von einem breiten Gang zweigten kleinere Höhlen ab. Gut möglich, daß das Ganze als Lagerstätte genutzt worden und später in Vergessenheit geraten war.

Meine Begleiter waren so entgegenkommend, mich nicht zu den Affen zu sperren. Sie brachten mich in eine Nebengrotte, die, für Höhlenverhältnisse, recht gemütlich eingerichtet war. Ausrangierte Matratzen lagen herum, und mehrere Öllampen verbreiteten ein warmes Licht, das auf die grauen Sandsteinfelsen fiel. Ich hatte Diskotheken gesehen, die weniger beleuchtet waren und ein gruftigeres feeling ausstrahlten. Nach den herumliegenden Kleidungsstücken zu urteilen, schliefen hier die Affenbewacher, das heißt, sie hatten hier geschlafen, bis sie ein Gefängnis brauchten.

Zu meinen drei Freunden vom Parkplatz gesellten sich jetzt zwei weitere Veganer. Alte Bekannte gewissermaßen: Franka und ihr Motorradfreund. Aus der Nähe bestätigte der Motorradheini meine Vorurteile, seine Augen standen zu dicht neben der spitzen Nase, quollen leicht aus den Höhlen und sonderten einen stechenden Blick ab. Kein Typ, mit dem man sich gerne über die Formkurve von Borussia Dortmund unterhielt, solange er keine Maske trug. Daß Franka ausgerechnet ihn als Freund ausgesucht hatte, sprach nicht für ihren Geschmack. Doch trotz dieses offensichtlichen Fehlgriffs mochte ich ihr rundes Gesicht mit den ausladenden Wangenknochen, dem etwas zu kleinen Mund und den fast schelmisch guckenden Augen auf Anhieb. Auch sie trug, neben dem Nasenring, noch ein paar Ringe in den Augenbrauen, die schwarz gefärbt waren wie der größte Teil ihres in Büscheln hochstehenden Haupthaares, das ansonsten in allen Farben schillerte.

»Hallo, Franka«, sagte ich.

Das schwarze T-Shirt drehte sich zu ihr um: »Du kennst ihn?«

»Kannst du dir nicht denken, wer das ist? Einer der Schnüffler, die mein Vater auf uns gehetzt hat. Yvonne sagt, sie haben in meinem Zimmer herumgewühlt, und sicher haben sie auch ein Foto von mir in die Finger gekriegt.«

»Das ist der Arsch, der uns in Schapdetten angequatscht hat«, sagte der Motorradheini.

»Einer der Wächter?« Das schwarze T-Shirt schaute mich empört an. »Dann ist er ja ein Tierquäler.«

»Nun mal langsam, Freunde«, begann ich.

»Nennen Sie uns nicht Freunde!« fuhr mich der Motorradheini an.

»Wie ihr wollt. Ich möchte nur nicht, daß die Diskussion gleich ins Ideologische abgleitet. Ich bin nur ein mieser kleiner Lohnabhängiger, der sich die Hacken abrennt, um seinen kargen Lebensunterhalt zu verdienen. Also macht mich nicht für alle Probleme verantwortlich, die ihr mit der Gesellschaft habt. Tatsache ist, daß ich hier bin, um euch ein Angebot zu unterbreiten.«

»Was für ein Angebot?« fragte Franka.

»Dein Vater ist bereit, die ganze Sache zu vergessen.«

Die fünf lachten höhnisch im Chor.

»Moment, das ist noch nicht alles. Papa Holtgreve legt eine größere Summe obendrauf, für den guten Zweck des Tierschutzes oder was auch immer. Er hätte sicher nichts dagegen, wenn ihr euch das Geld in die Tasche steckt und damit in die Karibik abdüst. Einzige Bedingung ist, daß ihr die Kapuzineraffen zurückgebt und in Zukunft einen Bogen um *Arilson* macht.«

»Das ist doch nichts Neues«, sagte der Motorradheini geringschätzig. »Das hat uns Yvonne schon erzählt.«

»Aber es ist ein Super-Angebot. Ein besseres könnt ihr in nächster Zeit nicht kriegen.«

»Die Karibik interessiert mich nicht«, sagte das schwarze T-Shirt. »Ich fliege nicht mit einem Jet, der die Erdatmosphäre kaputt macht.«

»Es geht uns nicht um Geld«, erklärte Franka ernsthaft. »Wir wollen, daß alle Affen freikommen. *Arilson* hat bis heute abend Zeit, auf unser Ultimatum einzugehen.«

»Das wird dein Vater nicht tun.«

»Und warum nicht?«

»Weil er sich damit praktisch selbst arbeitslos macht. Das Unternehmen, das sich freiwillig vom Markt schießt, gibt es nicht. Jedenfalls nicht im real existierenden Kapitalismus.«

»Dann gehen wir eben an die Öffentlichkeit«, sagte das schwarze T-Shirt. »Das wird *Arilson* auch nicht schmecken.«

»Außerdem haben wir jetzt nicht nur die Kapuziner, sondern auch Sie«, drohte der Motorradheini.

Ich spürte, wie sich ein unangenehmer Druck in meiner Magengegend verstärkte. Die Aussicht, einige Tage in gebückter Haltung und gefesselt in dieser Grotte zu verbringen, war alles andere als verlockend.

»Mal was anderes, Leute«, wechselte ich das Thema. »Wie geht's eigentlich den Affen?«

Die Veganer guckten sich an.

»Warum?« fragte Franka.

»Könnte es sein, daß einige Tiere krank sind?«

»Woher wissen Sie das?« schnappte das schwarze T-Shirt.

»Weil im Affenhaus von Schapdetten eine Epidemie ausgebrochen ist. Noch ist unklar, um welche Krankheit es sich handelt, aber im Interesse der Tiere, die ihr entführt habt, wäre es das Beste, wenn sie in die Behandlung eines Tierarztes kämen.«

»Das ist doch nur ein Trick«, stieß der pummelige Bursche, der bis jetzt den Mund gehalten hatte, atemlos hervor. »Oder, noch schlimmer, die fangen mit ihren Experimenten schon in Schapdetten an, infizieren die Kapuziner mit irgendeinem Scheiß, um Medikamente zu testen.«

»Blödsinn«, würgte ich ihn ab. »Ich mache mir keine Illusionen darüber, was später mit den Affen geschieht. Aber eines ist klar: *Arilson* führt keine Experimente durch. *Arilson* ist eine Importfirma, die Affen weiterverkauft.«

Das schwarze T-Shirt grinste ironisch. »Und wer soll unsere Kapuziner behandeln? Etwa der Tierarzt von *Arilson*? Das ist doch so, als ob die Juden in Auschwitz den SS-Arzt Mengele um Hilfe gebeten hätten.«

Ich wußte, daß man als Geisel tunlichst vermeiden sollte, seinen Geiselnehmern zu widersprechen, doch seitdem ich, spät genug in meinem Leben, erfahren hatte, was in Auschwitz geschehen war, konnte ich billige Vergleiche nicht ausstehen. Und so blieb ich auch diesmal bei meiner Linie.

Der Träger des schwarzen T-Shirts ließ meine Zurechtweisung lächelnd von sich abprallen. Er schien der

Chefideologe der Gruppe zu sein, und mit genüßlich zuckenden Mundwinkeln bereitete er seinen Gegenangriff vor.

»Ich kann mir gut vorstellen, wer Sie sind: So ein Altlinker, der sich für liberal und tolerant hält, der gegen Rassismus und die Diskriminierung der Homosexuellen eintritt und für die Gleichberechtigung der Frauen ist, Antifaschist und selbstverständlich entschiedener Gegner des Antisemitismus.«

»Na und? Was ist daran auszusetzen?« maulte ich.

»Nichts. Das sind wir auch. Aber darüberhinaus sind wir gegen die Diskriminierung artverwandter Wesen, die Sie überheblich als Tiere bezeichnen. Ungerechtigkeit unter Menschen finden Sie übel, der Massenmord an Kühen und Schweinen interessiert Sie nicht. Daß Millionen von denkenden und fühlenden Wesen nur zu dem einzigen Zweck leben, um in den Mägen der Menschen zu verschwinden, ringt Ihnen nicht einen Funken von Mitleid ab. Oder essen Sie etwa kein Fleisch?«

»Doch«, gab ich zu.

»Dachte ich mir doch, daß Sie ein Aasfresser sind, ein Kannibale, der Seinesgleichen verschlingt.«

»Nun mach aber mal einen Punkt!« protestierte ich. »Nur weil ich gelegentlich einen Dönerburger verspeise, bin ich noch kein Unmensch.«

»Haben Sie schon einmal in einem Schlachthaus zugesehen, wie Schweine getötet werden?«

»Nein«, antwortete ich wahrheitsgemäß.

»Die wenigsten Aasfresser wollen den Mord sehen, der zu ihrem Mittagessen führt. Sie wollen glauben, daß Schweine keine Angst empfinden, sie wollen die Panik nicht erleben, die Todesangst, das Kreischen, die verzweifelten Versuche zu fliehen. All die aufrechten Verteidiger der Menschenrechte verschließen die Augen, wenn es um den Massenmord in ihrer Nähe geht. Sie möchten nichts davon wissen, daß Schweine, Kühe, Schafe auf die Schlachtbank geführt werden wie ...« Mit einer Handbewegung ersparte er mir den Rest des Satzes, wofür ich ihm dankbar war.

Gespannt, ob ich den Angriff parieren konnte, schauten mich die Fünf an. Anscheinend kam ich nicht darum herum, eine Grundsatzerklärung abzugeben. »Na gut, ich gebe zu, daß im Verhältnis zwischen Menschen und Tieren einiges nicht in Ordnung ist. Massenzucht in engen Ställen und bei künstlichem Licht, Legebatterien, Hormone, Chemie, BSE – das finde ich auch alles zum Kotzen. Gegen einen besseren Tierschutz habe ich nichts einzuwenden. Einen Pelzmantel habe ich weder besessen noch verschenkt. Und daß die Menschen in den reichen Ländern viel weniger Fleisch essen sollten, schon aus gesundheitlichen Gründen – ebenfalls gebongt. Wenn ich konsequent wäre, was ich leider nicht bin, würde ich einen gemäßigten Vegetarismus, der vermutlich die beste aller Ernährungsformen ist, einhalten. Aber ich sehe nicht ein, daß ich grundsätzlich auf Fleisch verzichten soll. Der Mensch ist eben ein Raubtier. Und ihr werdet auch Löwen, Wölfe und Eisbären nicht dazu kriegen, auf Vollwertkost umzusteigen.«

Die Veganer heulten verächtlich auf.

»Ein Mythos«, ereiferte sich der Chefideologe. »Wenn den linken Aasfressern nichts mehr einfällt, kommen sie mit der Raubtiergeschichte. Und die ist von vorne bis hinten falsch.

Menschen können sehr gut ohne tierische Produkte leben. In verschiedenen Gegenden der Erde gibt es gesunde alte Menschen, die ihr ganzes Leben ohne eine Faser Fleisch, ohne einen Schluck Milch oder ein Hühnerembryo ausgekommen sind. Unsere nächsten Verwandten sind Vegetarier, die Gorillas vollständig, die Schimpansen überwiegend. Raubtiere, wie zum Beispiel Katzen, brauchen bestimmte tierische Stoffe zum Überleben, Menschen nicht.

Aus der Entwicklungsgeschichte der Menschheit weiß man, daß es Phasen gab, in denen sich die Menschen fast ausschließlich vegetarisch ernährt haben. Schon in der Schöpfungsgeschichte der Bibel heißt es, die *Speise* der Menschen seien *Kraut* und *fruchtbare Bäume.* Außerdem unterscheidet uns ein ganz wichtiger Punkt von den anderen tierischen Wesen, die Fleisch fressen: Wir können bewußt darauf verzichten.«

»Wenigstens gibst du zu, daß es noch einen Unterschied zwischen Menschen und Tieren gibt«, konterte ich.

»Es wäre lächerlich, ihn zu leugnen«, sagte er trocken. »Obwohl er nicht für alle Menschen und alle sogenannten Tiere gilt. Ein halbwegs gesunder und intelligenter erwachsener Mensch verfügt sicherlich über ein größeres Denkvermögen und differenziertere Empfindungen als ein erwachsener Schimpanse. Aber was ist mit Säuglingen und Menschen mit organischen Gehirnschäden? Sind geistig Behinderte, die in Anstalten vegetieren, die nicht einmal in der Lage sind, sich selbst anzukleiden, und nur wirres Zeug lallen, tatsächlich wertvoller als ein Menschenaffe, der sich fürsorglich um das Wohlergehen seiner Herde kümmert und sogar Kontakt zu fremden Arten, wie zum Beispiel den Menschen, aufnehmen kann? Nach der Logik der Tierausbeuter, die sich auf die menschliche Intelligenz berufen, müßten auch Geisteskranke geschlachtet, ihr Fleisch gegessen, ihre Haut zu Leder und ihre Knochen zu Seife verarbeitet werden.«

Ärgerlich erwiderte ich: »Dann wäre man sehr schnell wieder bei einem Faschismus, der zwischen lebenswertem und nicht lebenswertem Leben unterscheidet und nur die arische Herrenrasse übrigläßt. Das haben wir doch alles schon gehabt. Es ist zumindest ein kleiner Fortschritt, daß die Menschenrechte ohne Ausnahme für alle Menschen gelten.«

»Na schön, da stimme ich sogar mit Ihnen überein. Aber warum gelten die Menschenrechte nicht auch für Menschenaffen?«

»Soweit ich weiß, stehen die Menschenaffen unter Naturschutz. Und zumindest in Europa werden sie auch nicht gegessen.«

»Weil sie das Glück haben, keine Haustiere, besser gesagt, Eßtiere zu sein. Dafür werden sie in Gefängnissen, die man Zoos nennt, ausgestellt, so wie man Ende des fünfzehnten Jahrhunderts die Indianer ausgestellt hat. Im übrigen fängt die Diskriminierung schon damit an, daß die Menschen alle anderen Lebewesen als Tiere bezeichnen. Der Schimpanse, der die Taubstummensprache erlernt, ist ein Tier, und die Mücke, die sich auf Ihren Arm setzt, ist auch ein Tier. Sie werden zugeben müssen, daß der Unterschied zwischen einem Menschen und einem Schimpansen erheblich kleiner ist als der zwischen einem Schimpansen und einer Mücke.«

Der schmächtige, pickelige Kerl hatte einen Punktsieg davongetragen, und er wußte es. Wortlos genoß er seinen Triumph und die Anerkennung der anderen, die mich mitleidig angrinsten. Immerhin, sagte ich mir, war er ein in vielen Diskussionen erprobter Profi und ich auf diesem Gebiet ein blutiger Laie. Obwohl *blutig* vielleicht nicht das richtige Wort war. Seit dem BSE-Skandal aß ich die Steaks lieber kroß gebraten.

»Um noch einmal auf die Kapuziner zurückzukommen«, sagte ich. »Sind sie nun krank oder nicht?«

»Einige von ihnen haben eine Erkältung«, schaltete sich Franka ein. »Das ist nichts Besonderes. Das kommt bei *Arilson* häufiger vor. Die behandeln die Kapus auf dem langen Transportweg unmöglich, so, als ob sie es nicht mit Lebewesen, sondern mit einer Kiste Bananen zu tun hätten. Aber ich kenne mich mit der Pflege von Affen aus. Denen geht es hier nicht schlechter als in Schapdetten.«

»Der Tierarzt von *Arilson* behauptet etwas anderes.«

»Und selbst wenn. Ich glaube, daß mein Vater dahintersteckt. Er will uns mit der angeblichen Epidemie unter Druck setzen.«

Ich sah ein, daß ich an dieser Stelle nicht weiterkam. »Und was habt ihr mit mir vor?«

»Sie bleiben hier«, entschied das schwarze T-Shirt.

»Wenn ich euch richtig verstanden habe, sind Menschen auch nur Tiere.«

»Er hat's kapiert«, lachte der Motorradheini.

»Und ihr seid für die Freiheit aller Tiere. Warum gelten die elementaren Tierrechte dann nicht für mich?«

Sie schwiegen verdutzt. Endlich hatte ich sie auch einmal bei einem Widerspruch erwischt.

»Das ist eine Notsituation«, verteidigte sich der Chefideologe. »Wir quälen keine Menschen aus Freude. Im Interesse der Sache müssen Sie ein paar Unannehmlichkeiten auf sich nehmen.«

»Eine tolle Begründung«, schimpfte ich. »Übrigens wird die Notsituation für mich bald größer. Ich habe nämlich Neurodermitis.«

»Das glaube ich nicht«, rief Franka. »In meiner Klasse war ein Mädchen, das Neurodermitis hatte. Deren Haut sah viel schlimmer aus als Ihre.«

Ich beugte mich vor. »Siehst du die doppelte Lidfalte unter meinen Augen? Das sichere Erkennungsmerkmal der Neurodermitiker. Und wenn ich nicht bald eine Fettcreme bekomme und mir die Fesseln abgenommen werden, damit ich mich kratzen kann, leide ich mehr als ein Delphin im Aquarium oder ein dressierter Drehorgelaffe.«

X

»Hier, Ihre Fettcreme!«

Sie legte die Tube neben mich auf die Matratze und wollte wieder verschwinden.

»Moment! Wie hast du dir das vorgestellt? Soll ich die Tube mit den Zähnen aufmachen und das Zeug mit dem dicken Zeh verreiben?«

»Ach so. Entschuldigen Sie!« Sie lächelte ein wenig unsicher. »Dann muß ich erst Verstärkung holen.«

Sie ging weg und kam mit dem Pummel und dem Typ mit den vielen Ringen in den Augenbrauen, der noch nicht einmal den Mund aufgemacht hatte, zurück. Die beiden Knaben postierten sich am Eingang des Gewölbes, während mir Franka die Fesseln abnahm.

Ich rieb meine Handgelenke. In der Zeit, die ich allein in der Höhle verbracht hatte, war mir bewußt geworden, daß ich seit dem Morgen nichts mehr gegessen hatte. Mein Magen verlangte nach Kalorien und Proteinen.

»Könnte ich auch etwas zu essen bekommen? Ich habe einen tierischen Hunger.«

»Einen tierischen?«

Wir mußten beide lachen. Danach wurde Franka lokkerer.

»Na klar. Ich kann Ihnen ein Menü zusammenstellen. Möchten Sie Körner oder lieber Möhren, Fenchel und Sellerie, alles aus biologischem Anbau. Als Nachtisch empfehle ich Obst. Wir haben Äpfel, Birnen und Bananen.«

Ich seufzte. »Ein paar Scheiben Brot mit Käse sitzen wohl nicht drin?«

»Nein. Brot essen wir nur in Ausnahmefällen, zum Beispiel auf Reisen, wenn wir nichts Ungespritztes bekommen können. Die meisten Bäcker verwenden beim Backen tierische Produkte. Und Kuhmilch ...«

»... gehört den Kälbern«, ergänzte ich.

»Richtig. Sie lernen schnell dazu.«

»Und was hat deine Schwester Yvonne bei Aldi gekauft? Soweit ich weiß, ist das kein Bioladen.«

»Das waren alles Sachen für die Kapuziner. Wir können uns nicht leisten, auch die Kapus biodynamisch zu ernähren.«

Ich ergab mich in mein Schicksal und bestellte Möhren, Fenchel und Bananen. Als sie mein Abendessen brachte, bat ich Franka, mir noch ein wenig Gesellschaft zu leisten.

»Fühlen Sie sich schon einsam?« fragte sie spöttisch, setzte sich aber mir gegenüber. Hinter der coolen Fassade kämpfte sie mit ihrem schlechten Gewissen. Redete ich mir ein.

»Ja, ich sitze nicht gern allein in finsteren Höhlen«, schlug ich voll in die Kerbe. Und setzte noch eins obendrauf: »Und außerdem wartet meine kleine Tochter auf mich.«

»Wie alt ist denn Ihre Tochter?«

»Drei Jahre.«

»Und die lassen Sie allein zu Hause?«

Ein klassisches Eigentor. Ich biß in eine knackige Möhre und erklärte kurz mein kompliziertes Beziehungsgeflecht.

»Dann geht's Ihrer Tochter ja gut.«

»Das hoffe ich.« Ich riß ein Stück Fenchel ab. »Daß Ihr kein Fleisch eßt, verstehe ich ja. Aber warum lehnt ihr Milchprodukte ab? Eine Kuh, die man melkt, bringt man schließlich nicht um.«

»Aber sie wird ausgebeutet. Die Milchkuh lebt einzig und allein zu dem Zweck, den Menschen Milch zu geben. Und später Leder«, sagte sie mit einem Blick auf meine Lederschuhe.

Ich zog die Füße unter die Beine. »Und wenn die Kühe nicht in engen Ställen, sondern glücklich und zufrieden auf saftigen Weiden leben würden?«

»Auch dann nicht. Die nichtmenschlichen Tiere sollen ihr eigenes Leben leben, nicht ein von menschlichen Herrenwesen definiertes.«

»Aber was wollt ihr mit den ganzen Kühen und Schweinen machen? Sie in eine nicht vorhandene Wildnis jagen? Die heutigen Haustiere sind so hochgezüchtet, daß sie elendig krepieren würden.«

»Das ist richtig«, sagte Franka. »Es gibt wohl nur die Möglichkeit, sie aussterben zu lassen.«

Ich überlegte. »Verstehe ich das richtig, ihr wollt alle Haustiere abschaffen?«

Sie nickte. »Wir sind keine Tierfreunde im herkömmlichen Sinn, die Tiere zum Streicheln brauchen.«

»Dann würde es allerdings viel weniger Tiere geben.«

»Keine Zuchttiere mehr, ja. Dafür hätten die Tiere in der Natur mehr Raum zum Leben.«

»Ist ein nicht gelebtes Leben besser als ein elendes?«

Sie zog die Nase kraus. »Das ist philosophische Haarspalterei.«

Ich hatte die Fenchel vertilgt und verspürte ein unbefriedigendes Völlegefühl. »Schon möglich«, murmelte ich. Ich schnappte mir eine Banane.

»Schmeckt Ihnen das Essen etwa nicht?«

»Ich dachte gerade, daß etwas, das so gut schmeckt wie ein mariniertes Lammsteak, keine Sünde sein kann.«

Sie zuckte zurück, als hätte ich ihr eine Ohrfeige gegeben. »Sie sind ein beschissener Aasfresser. Warum rede ich überhaupt mit Ihnen.«

Und dann war ich wieder allein.

Für die dringendsten Bedürfnisse hatten sie mir einen Eimer in die Höhle gestellt, außerdem die Hand- und Fußfesseln gelockert, so daß ich mich einigermaßen bewegen konnte. An den Geräuschen, die aus dem verzweigten Höhlensystem hereindrangen, hörte ich, daß mindestens zwei von ihnen ständig Wache hielten. Zusätzlich hatten sie eine schwere Holzplatte vor den Eingang meiner Privatgrotte geschoben. Deshalb verschwendete ich keine Gedanken an Flucht, sondern machte es mir auf den Matratzen so gemütlich wie möglich.

Der Erfolg war bescheiden, zumal die Rohkost in meinen Eingeweiden rumorte. Später hatte ich wieder Hunger, und köstlich gedeckte Tische mit warmem und kaltem Büfett erschienen vor meinem geistigen Auge.

Selbst ein simpler Joghurt mit Früchten ließ mir das Wasser im Mund zusammenlaufen.

Irgendwann rüttelte mich jemand an der Schulter. Anscheinend war ich doch noch eingeschlafen.

»Es ist neun Uhr«, sagte Franka.

»Abends oder morgens?« Ich hatte einen sauren Geschmack im Mund.

»Morgens natürlich. Sie haben geschlafen wie ein Bär.«

»So fühle ich mich auch. Ich brauche dringend einen Kaffee.«

»Sowas führen wir nicht. Wir trinken weder Kaffee, schwarzen Tee noch Alkohol. Und wir rauchen auch nicht.«

»Mein Gott, von welchem Stern kommt ihr eigentlich?«

»Sie glauben gar nicht, wie viele Menschen auf der Erde sich gesund ernähren.«

»Ich hoffe, daß ich mit dem Flugzeug nie in einer solchen Gegend abstürzen werde.«

»Und sie leben länger und haben seltener Ernährungskrankheiten wie Gicht, Rheuma und Diabetes, unter denen Menschen wie Sie leiden, wenn sie älter werden. Wer täglich eine Dosis Gift zu sich nimmt, darf sich nicht wundern, daß er krank und gebrechlich wird.«

»Gift. Das Wort klingt herrlich.«

»Ich könnte Ihnen einen Früchtetee anbieten.«

Der Früchtetee war immerhin warm und schmeckte besser als eine frisch gepreßte Möhre. Während ich lustlos an dem Apfel knabberte, der mein Frühstück vervollständigte, erkundigte ich mich, was das abgelaufene Ultimatum an *Arilson* gebracht hatte.

»Nichts. *Arilson* hat nicht reagiert.«

»Und jetzt?«

»Wir schreiben gerade eine Presseerklärung, die noch heute an mehrere Nachrichtenagenturen geht.«

»Toll. Dann darf ich mich also auf eine längere Fastenkur einstellen?«

»Entschuldigung«, giftete Franka. »Sie mußten Yvonne ja nicht verfolgen, oder?«

Ich hob meine Hand zum Zeichen des Friedens. »Ich habe nur meinen Job getan. Und ich will auch nicht meckern, wenn du mir eine Bitte erfüllst.«

»Was für eine Bitte?« fragte sie mißtrauisch.

»Ich möchte ein paar Minuten frische Luft schnappen, die Höhle macht mich depressiv. Ich verspreche auch, daß ich nicht fliehen werde.«

Nachdem sie beratschlagt hatten, wurden mir fünf Minuten gewährt. Mit auf dem Rücken gefesselten Händen und einer Schlinge zwischen Hand- und Fußfessel, deren Ende Franka festhielt, hoppelte ich aus der Höhle. Der Pummel und der Motorradheini standen bereit, um sich notfalls auf mich zu stürzen.

Durch die Wipfel der Bäume sah ich ein Dachstück des Bauernhofes, wo ich den verrosteten Golf entdeckt hatte.

»Wie kommt es, daß der Bauer da drüben mit euch zusammenarbeitet? Ich bin sicher, daß es dort nach Schweinen gestunken hat.«

»Der Hof gehört Randolfs Vater. Randolf hat ihm abgerungen, die Schweine nach traditioneller Art, in großen Pferchen, zu halten. Aber solange der Alte noch lebt, kann er die Schweinemast nicht einstellen.«

»Freut mich zu hören, daß ihr Kompromisse akzeptiert.«

»Wir müssen dauernd Kompromisse machen«, sagte Franka leise. »Sonst dürften wir auch keine Bücher mehr lesen. Im Leim, mit dem Bücher gebunden werden, sind Leichenteile von Tieren enthalten.«

»Und warum lehnt ihr jede Einigung mit *Arilson* ab? Ich finde, dein Vater verhält sich sehr großzügig.«

»Lassen Sie meinen Vater aus dem Spiel!« sagte sie wütend. »Ständig erwähnen Sie ihn, als müßte ich dann feuchte Augen bekommen oder sowas. Das hier ist keine Vater-Tochter-Kiste.«

Tatsächlich hatte ich ein bißchen darauf spekuliert. »Du magst ihn wohl nicht besonders?«

»Das geht Sie einen Dreck an.« Sie schluckte. »Daddy ist ein Arschloch, und fertig.«

»Hat er ...«

»Was?« schrie sie. »Mich angefaßt? Sich an mir vergangen? Mich regelmäßig vergewaltigt? Ist das das Einzige, woran ihr Greise denken könnt, wenn ein Mädchen etwas an seinem Vater auszusetzen hat?«

Greis? Für wen hielten die mich?

»Tut mir leid. Ich wußte nicht, daß dir das so nahe geht.«

Sie schnappte nach Luft. »Da war nichts. Ich sage es jetzt langsam und zum Mitschreiben, damit wir das Thema ein- für allemal abhaken können: Mein Vater hat sich mir *nicht* sexuell genähert. Es gibt noch andere Möglichkeiten, sich als Arschloch zu erweisen.«

»Zum Beispiel?«

»Zum Beispiel hatte ich, als ich klein war, so sieben oder acht, einen Hund, eine Promenadenmischung, Typ klein, lange weiße Haare und ständig am Kläffen. Ich hatte ihn aus dem Tierheim geholt, es war ein Geburtstagsgeschenk. Meinem Vater ging Blacky von Anfang an tierisch auf den Geist. Und einmal lag er im Garten, mein Vater, meine ich, er war wohl müde und versuchte ein bißchen zu schlafen. Blacky dagegen wollte spielen. Er sprang herum, bellte und knabberte an den Schuhen meines Vaters. Da hat ihn mein lieber Daddy getreten, voll getreten, verstehen Sie. Blacky flog ungefähr zehn Meter durch die Luft. Er war nicht sofort tot, aber er hatte schwere innere Verletzungen und mußte drei Tage später eingeschläfert werden.«

»Die fünf Minuten sind um«, sagte der Motorradheini.

Später besuchte mich der Chefideologe. Heute trug er ein weißes T-Shirt mit der Aufschrift *Keine Gnade mit Tiermördern*. Darunter war eine Herde Elche zu sehen, die einen Jäger unter Beschuß nahm. Der Bursche schien mit sich und der Welt zufrieden und ließ sich fröhlich auf eine Matratze fallen.

»Die Presseerklärung ist rausgegangen, ich freu mich schon auf die Tageszeitungen von morgen.«

»Habt ihr eine Kontaktadresse angegeben oder wenigstens eine Telefonnummer?« erkundigte ich mich.

»Nein, wir sind doch nicht lebensmüde.«

»Dann wird gar nichts passieren.«

Sein Lächeln wurde unsicher. »Wieso nicht?«

»Glaubst du, die Nachrichtenagenturen bringen eine solche Meldung ungeprüft? Also rufen sie bei *Arilson* an, und wenn *Arilson* behauptet, daß ihnen keine Affen fehlen, ist die Story gestorben.«

Er dachte darüber nach.

»Ihr hättet zumindest Fotos von den Kapuzinern beilegen sollen«, sinnierte ich, »oder, besser noch, ihr nehmt Kontakt zu einem Magazin der Privatsender auf, *Taff*, *Blitz* oder wie die heißen. Ist auch völlig wurscht welches. Die stehen alle auf rührselige Geschichten mit Tieren.«

»Das fällt Ihnen reichlich spät ein«, meckerte der Chefideologe.

»He, ich dachte, ich wäre der Gefangene der Bewegung. Außerdem habt ihr mich nicht gefragt, oder?«

Wir guckten uns an. »Okay, Sie sind gar nicht so übel«, gestand er ein. »Für einen Aasfresser.«

»Freut mich. Mein Name ist übrigens Georg Wilsberg. Du kannst ruhig du zu mir sagen.«

»Ich heiße Markus.«

Wenn ich nicht gefesselt gewesen wäre, hätten wir uns beinahe die Hände gereicht. *Kannst du deinen Gegner nicht schlagen, verbünde dich mit ihm.* War das nicht ein Satz von Mao?

Eine Fliege, die mich bereits seit einiger Zeit nervte, landete ein paar Zentimeter vor meiner Schuhspitze. Ich hob schon den Fuß, überlegte es mir dann aber anders.

Markus lachte: »Du lernst schnell dazu.«

Die Fliege nutzte ihre Chance und krabbelte über meinem Kopf.

Ich schüttelte mich. »Wie weit geht eigentlich eure Tierliebe, Entschuldigung, euer Einsatz für die Rechte der Tiere? Auch Bakterien und Viren sind ja irgendwie Lebewesen.«

»Und als nächstes erzählst du mir, daß ein Salat Schmerzen empfindet.«

»Ich hab mal sowas gelesen.«

»Fleischfressermärchen«, sagte er. »Daß Pflanzen auf Berührung reagieren, bedeutet nicht, daß sie Empfindungen haben. Wir setzen uns für Lebewesen ein, die Gefühle wie Schmerz, Liebe und Angst entwickeln können. Das sind im wesentlichen die Wirbeltiere. Wir behaupten nicht, daß alle Lebewesen die gleichen Rechte haben. Ich persönlich vermeide es, Fliegen oder Spinnen zu töten. Wenn sie mich nerven, fange ich sie ein und setze sie draußen wieder aus. Aber natürlich darf ich mich wehren, wenn ich angegriffen werde. Das gilt auch für Insekten. Eine Mücke, die mich stechen will, Läuse oder Flöhe, die mich überfallen, Ameisen, die meine Lebensmittel rauben, bringe ich notfalls um. Und gegen Viren nehme ich wie jeder andere Mensch Antibiotika, wenn es nicht anders geht. Aber das ist Ansichtssache. Die meisten von uns schwören auf Naturheilmittel. Und tatsächlich kann man mit gesunder Ernährung und der Vermeidung von Giften die eigenen Immunkräfte stärken, so daß die Aasfressermedizin größtenteils überflüssig wird. Trotzdem, wir sind keine Sektierer wie die Zeugen Jehovas, die lieber sterben, als sich eine Bluttransfusion geben zu lassen.«

Ich versicherte ihm, daß ich das außerordentlich beruhigend fände, und da ich unsere neugewonnene

Freundschaft noch ein wenig festigen wollte, fragte ich ihn, wie sein eigener Weg zu den Veganern verlaufen sei.

»Über den Antifaschismus. Ich komme aus Nottuln, und da laufen eine Menge Faschos herum. Nicht nur diese Hohlköpfe von Skinheads, die unter ihrem Bürstenhaarschnitt eine Luftblase haben und deren Geisteshaltung sich darin erschöpft, blöde Lieder zu grölen und Türken zu schlitzen. Nein, auch so tiefbraune alte Säcke, die Debattierzirkel veranstalten, bei denen sie behaupten, daß die Gaskammern in Auschwitz zu klein waren, um sieben Millionen Juden zu vergasen. Es könnten höchstens zwei Millionen gewesen sein, als wäre das weniger grauenhaft – all diese elende Kacke.

Zuerst bin ich rein emotional drangegangen, hab mich über den ganzen Quatsch empört, bei Demos mitgemacht, Flugblätter verteilt und so. Und dann habe ich mich theoretisch damit beschäftigt. Wie kommen diese Arschlöcher zu der Annahme, daß blonde und blauäugige Menschen besser sind als andere? Ich habe über die Ursachen von Rassismus und Antisemitismus nachgedacht. Und irgendwann ist mir ein Licht aufgegangen, daß das mit dem verkorksten Verhältnis der Menschen zur Natur zu tun hat, mit der Vorstellung, der Mensch sei die Krone der Schöpfung und dürfe sich gegenüber den anderen Lebewesen alles erlauben. Die Nazis haben den Judenmord dadurch vorbereitet, daß sie die Juden mit Tieren gleichsetzten. Juden gleich Ratten, Parasiten, Schädlinge des gesunden Volkskörpers. Und Tiere darf man umbringen. Hätte es zu jener Zeit ein Lebensrecht der Tiere gegeben, wäre auch der Judenmord nicht möglich gewesen. So gesehen, ist der heutige Schlachthof die Fortsetzung von Auschwitz.«

Er sah an meinem Gesichtsausdruck, daß mir das frugale Frühstück wieder hochkam.

»Okay, ich behaupte nicht, daß es das Gleiche ist, ich sagte: Fortsetzung. Noch immer gehen die sogenannten zivilisierten Gesellschaften davon aus, daß es mindere Lebewesen gibt, die man beliebig töten darf.«

»Und alle Vergleiche mit Auschwitz haben nur den einen Zweck, das einzigartige Verbrechen, das damals begangen wurde, zu relativieren. Die rechten Historiker haben es mit Stalin und Pol Pot versucht, du machst es mit den Schweinen.«

Markus lächelte. »Und du regst dich darüber auf, weil auch du dich für was Besseres hältst. Hey, ich verstehe ja, daß es schwerfällt, ein Schwein als Bruder zu akzeptieren. Das hängt mit der ganzen beschissenen Philosophie des Abendlandes zusammen. Für die Hindus sind Kühe heilig, die christliche Religion läßt den Tieren nur die Rolle des Nahrungsmittels. Selbst der heilige Franziskus, der den Vögeln gepredigt hat, fand nichts dabei, einen Schweinebraten zu vertilgen. All die politischen Bewegungen, die es in den letzten Jahrhunderten gegeben hat, der Sozialismus, der Feminismus, die Bürgerrechtsbewegung der Schwarzen, die Bewegung für sexuelle Gleichberechtigung, beziehen sich ausschließlich auf Menschen. Eine Bewegung für die Rechte der Tiere gab es nicht. Na gut, Greenpeace macht ab und zu eine mediengeile Aktion gegen das Schlachten der Robbenbabys. Aber setzt sich Greenpeace für Schweine ein? Nein. Das liegt daran, daß Schweine nicht so süß sind wie Robbenbabys. Unsere Revolution, die Vegane Revolution, ist die umwälzendste aller Revolutionen. Die Arbeiter, die Frauen, die Schwarzen, die Schwulen und Lesben setzen sich für ihre eigenen Interessen ein. Schweine und Kühe können keine Bürgerrechtsbewegung oder Gewerkschaft gründen. Wir kämpfen für die Interessen aller artverwandten Wesen, und das schließt die Gleichberechtigung der verschiedenen Menschengruppen ein.«

»Und was ist mit Metzgern und Jägern?«

»Das sind Mörder.«

»Die man verletzen oder töten darf?«

»Das habe ich nicht gesagt. Wenn es nach mir ginge, würden sie umgeschult, damit sie einen sinnvollen Beruf ausüben können. Da wir keine Macht haben, sie dazu zu zwingen, werfen wir ab und zu einen Stein ins Schaufenster eines Metzgerladens. Quasi als Anstoß zum Nachdenken.«

»Und ihr sägt Hochsitze von Jägern an, das heißt, es ist euch egal, ob sie sich ein Bein brechen oder vielleicht sogar querschnittgelähmt sind.« Außerdem überfallt und betäubt ihr Nachtwächter, dachte ich, sagte es aber nicht.

»Das ist Berufsrisiko«, antwortete Markus. »Das Reh kann sich nicht wehren. Oder bist du dafür, daß Mörder und Kinderschänder ihren Neigungen nachgehen dürfen? Vielleicht in speziellen Erlebnisparks mit Warnschildern am Eingang: *Betreten auf eigene Gefahr. Hier können Sie ermordet oder vergewaltigt werden.*«

»Vieles von dem, was du sagst, finde ich richtig.« Ich bemühte mich, nicht allzu greisenhaft zu klingen. »Aber weißt du, worin ich eine Gefahr sehe? In eurem Einsatz für die Interessen der Tiere werdet ihr gleichgültig gegenüber den Menschen, den Menschen, die Tiere töten, natürlich, und das ist ja, direkt oder indirekt, immer noch die Mehrheit der Menschheit. Ein angeschossenes Reh rührt euch zu Tränen, und einem verletzten Jäger tretet ihr noch in den Arsch, bildlich gesprochen.«

Er dachte nach. »Okay, ich kann nicht für jeden einzelnen in der Bewegung sprechen, die ist ja inzwischen ziemlich groß geworden. Wußtest du, daß es in Schweden Städte gibt, in denen ein Drittel der Abiturienten Veganer sind?«

»Lenk nicht ab!«

»Hatte ich nicht vor. Ich gebe zu, daß es gelegentlich Auswüchse gibt. Aber wenn man etwas erreichen will, muß man radikal sein, vielleicht manchmal einen Schritt zu weit gehen. Das hat es in allen politischen Bewegungen gegeben.«

Franka kam herein. Ihr Gesicht verriet Besorgnis, sie wirkte regelrecht verstört. Sie beachtete mich nicht und ging sofort zu Markus, beugte sich zu ihm hinunter und flüsterte ihm etwas ins Ohr.

»Was ist?« fragte ich.

Markus wurde ebenfalls ernst. »Später«, sagte er. »Jetzt nicht.«

Dann gingen sie beide hinaus.

Ich überlegte, was geschehen sein konnte. Vielleicht hatte *Arilson* die Polizei eingeschaltet, und der Ring um die Veganer schloß sich enger. Oder Koslowski und die anderen waren ganz in der Nähe.

Das paßte mir im Moment gar nicht. Ein Belagerungszustand konnte zu panischen Kurzschlußreaktionen führen. Das würde meinen Plan zunichte machen, die Veganer zum Aufgeben zu überreden. Immerhin hatte ich in den letzten vierundzwanzig Stunden erheblich an Boden gewonnen. Mit Franka und Markus hatte ich mich quasi angefreundet, jetzt mußte ich nur noch den Pummel oder den Schweiger gewinnen, und schon stand eine Mehrheit hinter mir. Das Problem war der Motorradheini, ihn und mich verband eine herzliche Abneigung.

Das Mittagessen war zur Abwechslung mal schmackhaft. Es gab Tofu, eine Art Käse aus Sojabohnenmilch, dazu ein Salat aus Tomaten, Stangensellerie, Paprika, Radicchio, Kresse und anderen Kräutern, mit richtigem Öl und Essig angemacht und mit Salz und Pfeffer gewürzt. Als Dessert bekam ich Soyoghurt, ebenfalls aus Sojabohnenmilch, mit einem Klecks Carobmus.

Ich aß langsam und genußvoll, während mich der Motorradheini mit stechendem Blick bewachte. Die Stimmung unter den Veganern war gedrückt. Einer der entführten Kapuziner war gestorben, und alle anderen zeigten Krankheitssymptome. Franka hatte zugeben müssen, daß sie mit ihrem veterinärmedizinischen

Halbwissen am Ende war, und ich hatte die Chance ergriffen, um das altbekannte Angebot noch einmal aufs Tapet zu bringen: friedliche Beendigung der Affenentführung gegen Zahlung einer Schutzgebühr von *Arilson*. Selbstverständlich hatte ich das Wort *Schutzgebühr* nicht verwendet, sondern den Tatbestand hochtrabend und schönfärberisch umschrieben.

Im Moment berieten sie über ihr weiteres Vorgehen. Ich war gedämpft optimistisch, weil der Zustand der Affen ihnen einen gehörigen Schrecken einjagte. Und daß der Motorradheini an der Beratung nicht teilnehmen konnte, da er mich bewachen mußte, sah ich als zusätzlichen Pluspunkt an.

Kaum hatte ich den letzten Rest Soyoghurt ausgelöffelt, kamen sie herein. Inzwischen wußte ich, daß die Fünf den harten Kern des Veganen Kommandos Münsterland bildeten. Sie allein hatten den Überfall auf das Affenhaus in Schapdetten durchgeführt und organisierten jetzt die Bewachung der Kapuziner. Im Umfeld gab es rund zwanzig Mitglieder, die zu Hilfsdiensten bereit waren, aber die Fünf, die mir jetzt gegenübersaßen, hatten das Sagen.

Ich tat so, als wäre ich kein bißchen aufgeregt.

Markus räusperte sich. »In Anbetracht der schwierigen äußeren Umstände ...«

Ich lächelte ihn aufmunternd an.

»... und nach Abwägung aller Vor- und Nachteile erscheint es uns im Interesse der Kapuziner sinnvoll, daß sie medizinische Betreuung erhalten. Wir haben uns daher dazu durchgerungen, den Vorschlag der Tierquälerfirma *Arilson* zu akzeptieren.«

XI

Frankas Freund fuhr genauso Motorrad, wie ich es mir vorgestellt hatte: ein bißchen zu schnell, ein bißchen zu rasant und in der coolsten Machohaltung westlich von Rheine und östlich von Haltern.

Der Firmenaudi stand auf einem großen Parkplatz in Nottuln. Ich nahm an, daß er nicht die ganze Zeit dort gestanden hatte, weil das viel zu auffällig gewesen wäre, aber ich fragte nicht. Der Motorradheini warf mir den Autoschlüssel zu und holte das Handy aus der Satteltasche.

»Die anderen denken, Sie sind okay«, sagte er breitbeinig. »Ich denke, Sie sind ein Arschloch.«

Ich nahm ihm das Handy ab. »War nett, deine Bekanntschaft gemacht zu haben.«

Er schlug mit der linken Hand in die Beuge des rechten Arms und zeigte mir seine Faust. »Wenn Sie uns linken, mache ich Sie fertig. Darauf können Sie einen lassen.«

»Doch jetzt ist es Zeit für den Abschied«, fuhr ich fort. »Und, wenn ich ehrlich sein soll, möchte ich deine beschissene Visage so schnell nicht wiedersehen.«

Er rotzte mir vor die Füße und stapfte wie ein brünstiger Gewichtheber zu seiner Motoguzzi.

Was für ein Fuzzi, dachte ich.

Bevor ich telefonierte, fuhr ich ein Stück aus dem Ort heraus, um mich zu vergewissern, daß mir niemand folgte. Dann wählte ich die Nummer von *Security Check*.

Eine unbekannte Männerstimme sagte: »Ja?«

Ich fragte ihn, ob er einen Namen habe.

Die Stimme sagte: »*Security Check,* Detektivbüro.«

»Detektivbüros können nicht reden. Wie nennt Sie denn Ihre Frau?«

Die Stimme blieb gelassen und reserviert: »Das tut nichts zur Sache. Kann ich Ihnen helfen?«

Ich legte auf und wunderte mich. Die Stimme klang verdammt nach Polizei. Aber was machte die Polizei in unserem Büro? Selbst wenn *Arilson* inzwischen die Polizei eingeschaltet hatte, gab es keinen Grund, gegen *Security Check* vorzugehen, schließlich hatten wir uns nicht strafbar gemacht. Vielleicht eine Hausdurchsuchung, die ein übereifriger Staatsanwalt bewirkt hatte, *Verdacht auf Zurückhaltung von Beweisen* oder sowas.

Ich beschloß, nichts zu überstürzen. Seit sechsunddreißig Stunden hatte ich mich nicht mehr gewaschen oder die Kleidung gewechselt. Meine Haut juckte, ich fühlte mich schmutzig und unwohl. Die neuen Probleme konnten warten, bis ich ein entspannendes Ölbad genommen und meine Haut gepflegt hatte. Ohnehin kamen mir beim Baden die besten Ideen. Und zweifellos mußte mir bald etwas Gutes einfallen.

Im Kreuzviertel war mal wieder kein Parkplatz zu bekommen. Zwar lagen die Sommerferien weniger als fünfzig Unterichtsstunden entfernt, und die Studienräte bereiteten sich bereits gedanklich auf ihren Surfkurs auf den Malediven, die Trekking-Tour in Costa Rica – oder was in gebildeteren Kreisen gerade angesagt war – vor, doch bis dahin mußten noch ein paar Unsympathen für die Relegationsrunde im nächsten Schuljahr ausgelost werden.

Ich parkte den Audi drei Querstraßen südlich meiner Badewanne und schlenderte durch den Jugendstil-Wohnpark für Besserverdienende, die ihr schlechtes Gewissen damit beruhigten, daß sie nicht FDP, sondern Grüne wählten.

Man konnte es beruflichen Instinkt nennen oder einfach nur krankhaftes Mißtrauen, jedenfalls kam mir der unbeschriftete Kastenwagen, der auf der gegenüberliegenden Straßenseite, aber nur zehn Meter vom Hauseingang zu meiner Wohnung entfernt stand, verdächtig vor. Seit dem Anruf im *Sec Check*-Büro geisterten paranoiische Szenarien durch mein Gehirn. Eines wußte ich jedenfalls genau: Ich wollte nicht direkt von der Höhle in eine Zelle wandern.

Um Zeit zum Nachdenken zu gewinnen, betrat ich den Vollwert-Laden, neben dem ich stehengeblieben war. Ein Birkenstock-Sandalist und eine Mutter, die ihrem kleinen Sohn einen ungezuckerten Lutscher aufschwatzen wollte, beschäftigten die Verkäuferin, so daß ich durch das große Schaufenster die Straße beobachten konnte.

Ich sah nichts, das meinen Verdacht bestätigte. Andererseits würde ich auch nichts zu sehen bekommen, wenn sich die Bullen profimäßig verhielten. Ich spürte, wie mir der Schweiß ausbrach. Lag es an der vielen Rohkost, daß ich so überspannt reagierte? Plötzlich bekam ich einen Heißhunger auf alles, wovon ich in den letzten Tagen geträumt hatte, hauptsächlich tote Tiere in appetitlichen, gebratenen Stücken.

In der Zwischenzeit hatte sich der Laden geleert, und als Ersatz für den Aasfraß kaufte ich mir eine Mohnschnecke. Zum Glück waren die Betreiber des Vollwert-Ladens keine Veganer. Sie verkauften Mohnschnecken, die mit Honig gesüßt waren.

Die Mohnschnecke kauend, für die Hunderte von Bienen gnadenlos ausgebeutet worden waren, ging ich zum Audi zurück. Ich fühlte mich unfähig, eine Entscheidung zu treffen. Zuerst mußte ich wissen, was hier gespielt wurde. *Falls* etwas gespielt wurde. Denn entweder war ich einfach nur ein bißchen überdreht, oder irgend etwas lief verdammt mordsmäßig schief.

Ich probierte es mit der Telefonnummer von Koslowskis Junggesellenbude. Daß niemand abnahm, war nicht weiter verwunderlich. Normalerweise arbeitete Koslowski um diese Tageszeit. Normalerweise.

Dann rief ich die Hauptverwaltung von *Arilson* in Coesfeld an und bat die Frau in der Telefonzentrale, die sich bemühte, eine Computerstimme zu imitieren, mich mit Michael Holtgreve zu verbinden.

»Tut mir leid«, schnarrte sie metallisch, »Herr Holtgreve ist zu einer Konferenz von *Arilson International* in London.«

»Seit wann und wie lange?« wollte ich wissen.

»Dazu kann ich keine Auskünfte erteilen«, knarzte sie zurück.

Bei Holtgreves Privatadresse hätte ich die Gelegenheit gehabt, mit einem Anrufbeantworter zu sprechen, worauf ich wortlos verzichtete.

Der vierte Anruf bescherte mir endlich ein Erfolgserlebnis. Als ich Sigis Privatnummer wählte, meldete sich Fred, Sigis schriftstellernder Lebensgefährte.

»Georg, Mensch, ich freu mich, daß du anrufst.«

Bei mir klingelten alle Alarmglocken. Wenn Fred so freundlich mit mir redete, *war* etwas faul. Soweit ich mich erinnern konnte, hatte er noch nie einen freundlichen Satz in meine Richtung verloren. Und meinerseits hatte ich in der Vergangenheit kaum einen Zweifel daran gelassen, daß ich ihn für einen Schmarotzer hielt, der sich von Sigi aushalten ließ. Das bislang einzige Produkt seiner schriftstellerischen Laufbahn, ein autobiographischer Roman, den ein münsterscher Verlag gegen Zahlung eines Druckkostenzuschusses herausgegeben hatte, war von der literarischen Welt schlicht ignoriert worden. Den größten Teil der kümmerlichen Auflage hatte Fred selbst gekauft, um seine Verwandten und Bekannten mit dem Werk zu beglücken.

»Wo ist Sigi?« fragte ich.

»Du, das ist ja das Merkwürdige. Sie hat mich angerufen und gesagt, sie müsse verreisen. Einfach so, aus heiterem Himmel. Ich habe gesagt: Schatz, wie lange denn und wo fährst du hin? Da hat sie einfach aufgelegt. Kannst du dir vorstellen, *wie* scheußlich ich mich fühle? Keinen einzigen Satz habe ich mehr aufs Papier gebracht. Ich werde noch wahnsinnig vor Ungewißheit. Georg!«

Seine Stimme kroch gequält aus dem Hörer. »Du kennst sie doch auch, ihr seid alte Freunde und so. Ist sie mit einem ...«, er kämpfte mit dem Wort, »... anderen Typen weggefahren? Sag's mir, Georg! Es ist schon so schlimm genug. Ich ...«

Ich drückte ihn ins Niemandsland der Telekom-Verbindungen. Wenn die Polizei das *Security Check*-Büro überwachte und vielleicht sogar meine Wohnung, dann konnte sie auch auf die Idee kommen, die auf *Sec Check* zugelassenen Handys abzuhören.

Ich startete den Audi und fuhr ins Südviertel. Freds Gequassel ging mir zwar auf die Nerven, aber mit dem Problem konnte ich fertig werden. Eine wehleidige Informationsquelle war besser als gar keine. Und unter dem ganzen Schmus, den er mir bestimmt erzählen würde, war möglicherweise eine brauchbare Auskunft verborgen.

Eine Viertelstunde blieb ich im Auto sitzen und beobachtete die Geiststraße. Als ich einigermaßen sicher war, daß keine verdächtigen Gestalten herumlungerten, ging ich durch die Toreinfahrt zu dem Hinterhaus, in dem ich selbst ein paar Monate als Sigis Untermieter verbracht hatte.

Fred öffnete die Tür und staunte mich mit verquollenen Augen an. »Du? Ich dachte, du willst nicht mit mir reden. Warum hast du einfach aufgelegt? Ich stelle dir eine Frage, und du ...«

Ich legte einen Finger vor meinen Mund. »Nicht hier draußen.«

Er ließ mich herein. »Was ist los?« flüsterte er heiser. »Verdammte Scheiße, Georg, was geht hier eigentlich vor?«

»Ich weiß es nicht«, antwortete ich wahrheitsgemäß. »Etwas Mysteriöses ist im Gange. Und aufgelegt habe ich, weil ich befürchte, daß wir abgehört werden.«

Er riß die Augen auf. »Abgehört? Ich?«

»Nein. Ich. Ich habe ein *Sec Check*-Handy. Und in unserer Zentrale sitzt die Polizei.«

»Die Polizei? Aber warum?«

»Ich habe keine Ahnung. Es muß mit dem Fall zusammenhängen, den wir zur Zeit bearbeiten, diese Affengeschichte.«

Fred ließ hörbar Luft ab. »Dann ist Sigi gar nicht mit einem anderen Typen weggefahren?«

»Das halte ich für ziemlich ausgeschlossen. Paß auf, Fred, du könntest mir helfen, der Sache auf den Grund zu gehen. Ich will herausfinden, was geschehen ist.«

»Warum fragst du nicht einfach die Polizei?«

»Weil ich dann wahrscheinlich selbst von der Bildfläche verschwinde. So wie Sigi.«

»Sigi ist verschwunden?« Er fing an zu zittern.

»Nur die Ruhe, Fred!« beruhigte ich ihn. »Ich habe gestern mittag zuletzt mit Sigi gesprochen. Erzähl mir haargenau, was danach passiert ist!«

»Nichts ist passiert, sag ich doch.« Er raufte sich die wirren Haare. »Ich hab ein paar Sachen fürs Abendessen eingekauft. Wir wollten grillen, weißt du, hinten im Garten. Ich hab Spieße gekauft und diese leckeren Schweineteile in Pußta-Soße, Hähnchenkeulen, natürlich zwei Flaschen Vino rosso, und dann noch ...«

»Fred!« unterbrach ich ihn. »Das ist im Moment nicht so wichtig.« Außerdem lief mir das Wasser im Mund zusammen.

»Wie du meinst«, schmollte er. »Also, normalerweise ruft Sigi so um fünf an und sagt, wann sie kommt. Als ich um sechs noch nichts von ihr gehört hatte, bin ich unruhig geworden. Aber bei *Sec Check* hat einfach niemand abgenommen. Um sieben kam dann der Anruf, der, von dem ich dir erzählt habe.«

»Der genaue Wortlaut, Fred! Es ist wichtig.«

»Sie sagte, warte mal, ja, sie sagte: ›Fred, ich komme heute nicht nach Hause, ich muß verreisen.‹ Ich darauf: ›Ja, aber wohin denn und wie lange?‹ Sie: ›Das weiß ich noch nicht.‹ Und finito. Aus und vorbei.«

»Welchen Eindruck hattest du?«

»Welchen Eindruck ich hatte? Ich war fertig, Mann, das war wie ein Tritt in die Eier. Mir ist komplett der Appetit vergangen, keinen Bissen habe ich runtergekriegt. Am liebsten hätte ich etwas zertrümmert, wenn ich nicht wüßte, daß das eine absolut klischeehafte Ersatzhandlung ist.«

Ich schielte zum Kühlschrank und überlegte, wie lange es wohl dauern würde, die Pußta-Schweineteile und die Spieße zu grillen.

»Das meine ich nicht. Welchen Eindruck hattest du von Sigi? Klang ihre Stimme besorgt, ängstlich oder eher unternehmungslustig?«

»Jetzt, wo du es sagst.« Er brachte seine Haare noch mehr in Unordnung. »Bedrückt ist vielleicht das richtige Wort. Ich dachte natürlich, sie hat ein schlechtes Gewissen, weil sie mit einem anderen Kerl abhaut. Aber es kann auch sein ...«

»... daß sie nicht freiwillig verreist ist«, ergänzte ich.

»Ja, das ist es. Sie ist gekidnappt worden. Oh, Scheiße, Georg, was machen wir bloß?«

»Wenn sie gekidnappt worden wäre, hätte sie dich nicht angerufen. Aber weißt du, was mir wirklich Sorgen macht?«

Er starrte mich mit offenem Mund an.

»Sie ist auch nicht verhaftet worden. Denn dann hätte sie ihre Anwältin angerufen, und die Anwältin wiederum hätte dich verständigt.«

»Und wo ist sie dann?« stammelte Fred.

Ich zuckte mit den Achseln. »Hast du irgendwelche Geräusche im Hintergrund gehört? Stimmen, Verkehrslärm?«

Er überlegte. »Ich glaube nicht. Es war ja so kurz, und ich war vollkommen geschockt. Da habe ich nicht auf sowas geachtet.«

»Okay. Hast du danach noch andere Anrufe erhalten, ich meine, von Unbekannten? War jemand hier, den du nicht kanntest?«

Fred verneinte.

»Na gut«, sagte ich. »Was hältst du davon, wenn wir jetzt die Schweineteile und die Spieße grillen?«

Für den nächsten Anruf benutzte ich eine Telefonzelle. Nicht, daß ich dem Angerufenen grundsätzlich mißtraute. Mit Hauptkommissar Stürzenbecher war ich in den letzten Jahren ganz gut ausgekommen. Nach dem Prinzip *Gibst du mir eine Information, geb ich dir auch eine* hatten wir eine Ebene der Kooperation gefunden, die uns beiden nützte. Trotzdem war Stürzenbecher Polizist, und gelegentlich siegte bei ihm die postpreußische Pflichtauffassung. Das Aufleuchten meiner Handynummer auf seinem Display würde ihn nur unnötig in Versuchung führen.

Ich tippte Stürzenbechers Durchwahlnummer. Wenn es eine offizielle Aktion gegen *Security Check* gab, dann hatte er zumindest davon gehört. Stürzenbecher hatte seine Ohren überall.

»Wilsberg!« rief er erfreut aus. »Mensch, von dir habe ich aber schon lange nichts mehr gehört. Wir müssen unbedingt mal wieder ein Bier zusammen trinken.«

Schon wieder jemand, der eine Spur zu freundlich war. Entweder wollte er etwas von mir, oder die Stadtwerke mischten neuerdings eine Portion Glücklichmacher ins Trinkwasser.

»Ich trinke keinen Alkohol mehr«, erinnerte ich ihn. »Aber wenn du mit mir einen Krug Apfelsaft teilen willst, soll mir das recht sein.«

»Bier, Apfelsaft, das spielt keine Rolle. Hey, wo steckst du?«

Ich ging nicht darauf ein. »Sag mal, hast du was von einer Durchsuchung bei *Security Check* läuten hören?«

»Hausdurchsuchung? Wie kommst du darauf?«

»Ich vermisse ein paar Kollegen. Und am Telefon in unserer Zentrale sitzt jemand, dessen Stimme sich auch in einem Kosmonautenanzug noch nach Polizei anhören würde.«

»Nee«, sagte Stürzenbecher mit breitgezogenen Vokalen. »Nicht, daß ich wüßte. Aber ich kann mich mal umhören. Zur Zeit habe ich etwas Luft. Kein Mordfall auf meinem Schreibtisch, kannst du dir das vorstellen? Ich würde sagen, wir treffen uns in einer halben Stunde. Schlag einen Ort vor!«

»Eine telefonische Auskunft wäre mir lieber«, sagte ich.

»Von mir aus. Unter welcher Nummer kann ich dich erreichen?«

Das lief alles viel zu glatt. Normalerweise ähnelten unsere Verhandlungen einem Einkauf im türkischen Bazar.

»Bist du noch dran?« fragte Stürzenbecher. »An welchem Fall arbeitet ihr eigentlich? Was du erzählst, klingt nach harten Bandagen. Da müßt ihr jemandem gewaltig auf die Füße getreten haben.«

»Weißt du was?« sagte ich. »Ich habe den unguten Verdacht, daß du mich hinhalten willst. Deine Jungs in den grün-weißen Autos sind wahrscheinlich schon auf dem Weg zu mir.«

»Für wen hältst du mich?« rief er empört. »Wilsberg, sei vernünftig, häng jetzt bloß nicht ein, ich ...«

Ich hängte ein. Und dann suchte ich schleunigst das Weite, das heißt, ich rannte den Fahrradweg an der Promenade entlang, nahm einen noch schmaleren Fahrradweg, auf dem mir kein Polizeiwagen folgen konnte, ging kreuz und quer durch das Ägidiiviertel, bis ich im Gewühl der Fußgängerzone untertauchte. Im Restaurant eines Kaufhauses kaufte ich einen Kaffee und mischte mich unter die Damen mit den verödeten oder noch zu verödenden Krampfadern. Ein sichererer Ort fiel mir nicht ein.

Daß Stürzenbecher in die Sache involviert war, gefiel mir ganz und gar nicht. Stürzenbecher war Chef des Kommissariats, das sich mit Gewaltverbrechen beschäftigte. Wie paßten unsere niedlichen Kapuzineraffen da hinein? War das Vegane Kommando Münsterland vielleicht doch nicht so harmlos, wie ich annahm? Hatten Franka und ihre Freunde in der Zwischenzeit einen neuen Anschlag verübt? Fragen über Fragen, auf die ich keine Antworten wußte.

Das an meinem Gürtel hängende Handy klingelte.

»Ja?«

»Franka.« Ihre funkverdünnte Stimme klang mädchenhafter, als ich sie in Erinnerung hatte. »Was hast du erreicht?«

»Nichts.«

»Wieso nicht?«

»Weil hier eine gewaltige Kacke am Dampfen ist. Dein Vater ist angeblich verreist, meine Kollegen sind verschwunden, in unserem Büro sitzt die Polizei. Sag mal, habt ihr irgendeine Dummheit angestellt, als ich bei euch war?«

»Was für eine blöde Frage.« Sie war beleidigt. »Und warum flüsterst du so?«

»Ich sitze in einem Kaufhaus. Der grüne Trachtenverein ist hinter mir her, verstehst du. Wenn es etwas gibt, was ich noch nicht weiß, mußt du es mir sagen. Sonst kann ich euch nicht helfen.«

»Ich weiß überhaupt nicht, wovon du redest.«

»Na schön. Wir müssen Schluß machen. Ich möchte nicht, daß sie mich orten. Ruf mich später nochmal an! Und sei vorsichtig! Nicht zweimal dasselbe Telefon benutzen, keine Namen oder Ortsangaben.«

»Georg?«

»Was ist?«

»Ich glaube, du bist echt voll in Ordnung.«

»Ich weiß.«

Ich kippte den Rest Kaffee und machte mich wieder auf den Weg. Den Firmen-Audi konnte ich nicht mehr benutzen. Falls die Polizei ihn noch nicht entdeckt hatte, stand er sicher auf der Fahndungsliste. Freunde und Hotels fielen ebenfalls aus. Und um mich unter die Penner zu mischen, die unter den Brücken übernachteten, war ich noch nicht abgerissen genug. Was blieb einem gewieften Detektiv da noch übrig?

Als ich an einem Reisebüro vorbeischlenderte, zuckte die Lösung plötzlich durch mein Gehirn. Für einen Moment war ich so glücklich, als hätte ich die goldene Ananas gewonnen.

Ich nahm den Bus Richtung Gievenbeck. Am Coesfelder Kreuz passierten wir die Forschungssilos der naturwissenschaftlichen Fakultäten. Hier büffelten brave Studenten über Erfindungen, die zur Wiederbelebung des Wirtschaftsstandortes Deutschland dienen konnten. Dann wurde die Bebauung zweistöckiger und familiärer. Saubere Doppelhaushälften für die Mittelschicht.

Vor vielen Jahren, als ich noch eine Freundin, Zeit und Geld hatte, war ich zu einer romantischen Reise nach Schweden aufgebrochen. Schweden war Elkes Idee gewesen, ich schwärmte mehr für die südlichen Länder. Außerdem trank ich damals noch Alkohol, und der gilt in Schweden bekanntlich als Luxusdroge.

Nach sieben Tagen mußten wir die Reise abbrechen. Elke sah aus wie ein Streuselkuchen, die Mücken hatten sie förmlich ausgesaugt. Aber das Reisemobil, mit dem wir gefahren waren, hatte mir ausgesprochen gut gefallen.

Das Gelände von *Reisemobile Torsten Kramer* lag ein wenig außerhalb, nur wenige hundert Meter vom *Haus Rüschhaus* entfernt, wo Annette ein paar Jahre verbracht und mit Sicherheit nicht davon geträumt hatte, daß sie mal auf einem Zwanzig-Mark-Schein landen würde.

Noch war Vorsaison, und ich hatte die Auswahl zwischen kleinen, mittleren und großen Reisemobilen, von schnuckeligen Kastenwagen über familiengerechte Alkovenmodelle bis hin zu fahrbaren Wohnzimmern mit Eichenholzfurnier und Fernseher. Ich entschied mich für einen *Hymercar magic*, eines der kleineren Modelle. Immerhin hatte es alles, was ich zur Zeit brauchte: ein Klo, eine Dusche und eine Küche. Ein freundlicher Angestellter erzählte mir etwas vom Postforming-Design der

Möbel und zeigte mir, was man alles auf- und zuklappen konnte und wie man die Toilette entleeren mußte.

Ich unterschrieb einen Mietvertrag für eine Woche. Natürlich nicht mit meinem Namen. Für alle Fälle hatte ich immer einen zweiten Personalausweis dabei, den ich vor einigen Jahren in der Jackentasche eines kleinen Gauners gefunden hatte, und auf den neueren Personalausweisen sahen sich ja sowieso alle irgendwie ähnlich. Als zusätzliche vertrauensbildende Maßnahme legte ich ein Bündel Geldscheine auf die Theke, wobei ich erwähnte, daß der Restbetrag als Trinkgeld gedacht sei.

Der Angestellte wurde noch freundlicher, kürzte die Formalitäten ab und reichte mir mit besten Wünschen für den geplanten Frankreichtrip die Autoschlüssel.

Meine erste Fahrt führte mich zu einem Verbrauchermarkt. Ich deckte mich mit Lebensmitteln ein und kaufte ein paar Sonderangebote aus der Kleidungsabteilung. Undercover zu ermitteln war nicht billig, wie ich feststellen mußte. Von jetzt an würde ich meinen Lebenswandel auf das Notwendigste beschränken.

Nachdem ich den *Hymercar* aufgetankt hatte, brach ich zu einer Sightseeing-Tour ins Münsterland auf. Tatsächlich war ein Reisemobil ein ideales Versteck. Niemand würde einem langsam rollenden oder an landschaftlich reizvollen Stellen parkenden Gardinenbus Aufmerksamkeit schenken. Zu sehr waren diese Gefährte verbunden mit der Vorstellung von halbnackten Langhaarigen oder Gesundheitssandalen tragenden Rentnerpaaren.

Auf der B 51 entdeckte ich die Langsamkeit des Fahrens. In beschaulichem Tempo erreichte ich Appelhülsen, das in der Abendsonne döste, und dann sah ich auch schon die bläulich schimmernden Abhänge der Baumberge am Horizont.

Nicht zufällig führte meine Reiseroute am Affenhaus von Schapdetten vorbei. Vor der Suche nach einem nächtlichen Rastplatz wollte ich noch einen Blick auf meine zeitweilige Wirkungsstätte werfen. Neue Erkenntnisse erwartete ich keine, mich interessierte einfach, ob das Gelände noch genutzt wurde und wer jetzt die Tore bewachte.

Deshalb haute mich das, was ich zu sehen bekam, glatt um. Zur Straße hin, aber noch auf dem eingezäunten Areal, hatte man eine riesige Holzwand errichtet, die jeden Einblick auf die Gebäude verwehrte. Und vor dem Tor parkten mehrere große LKW, die von Polizisten in Kampfmontur bewacht wurden.

Ich drosselte die Geschwindigkeit, bis ich gerade noch als normaler Schaulustiger durchgehen konnte, und reckte den Hals. Und dann erhaschte ich tatsächlich ein Bild, das bei mir sofort eine Gänsehaut verursachte. Falls ich nicht unter Halluzinationen litt, hatte ich an der Laderampe eines der LKW eine Gestalt in einem weißen Schutzanzug gesehen. Kein schlichter Kittel-Look, sondern die komplette Weltraumgarnitur mit Kopfglocke.

Ich fuhr bis zur Raststätte *Tecklenburger Land* an der A 1. Das Münsterland schien mir plötzlich nicht mehr sicher genug. Unterwegs hatte mich Franka noch einmal angerufen. Ich erzählte ihr, was ich gesehen hatte, und sie konnte sich auch keinen Reim darauf machen. Zum Schluß riet ich ihr, sich zusammen mit ihren Freunden der Polizei zu stellen.

»Auf keinen Fall«, sagte sie heftig.

»Es macht doch keinen Sinn mehr. Anscheinend wird die Geschichte so hoch gehängt, daß wir keine Chance haben, sie unter Ausschluß der Polizei zu Ende zu bringen.«

»Und wenn schon? Ich kann mir vorstellen, was diese sogenannten Tierärzte mit den Kapuzinern machen. Sie bringen sie alle um, auch wenn nur ein Teil von ihnen erkrankt ist. Das nennen sie Seuchenhygiene.«

Ich seufzte. »Bei euch sterben die Affen auch.«

»Bis jetzt ist nur einer gestorben, einigen anderen geht's schon wieder besser. Und selbst wenn noch welche sterben – dann pflege ich sie eben bis zu ihrem Ende. Das ist würdevoller als einfach abgespritzt zu werden.«

Und dann hatte sie mich an mein Versprechen erinnert, sie nicht zu verraten, worauf ich erwidert hatte, daß ich mein Wort selbstverständlich halten würde.

Auf dem Raststättenparkplatz gab es eine kleine Kolonie von Reisemobilen. Ich versteckte meinen *Hymercar magic* zwischen ihnen und nahm erstmal eine Dusche. Dann bereitete ich mir ein unaufregendes, dafür umso sättigenderes Dosengericht. Solange ich auch grübelte, ich konnte den Schlüssel zu den Ereignissen des heutigen Tages nicht entdecken.

Ich öffnete mein zweites Bier. Irgendwie hatte es mein Unterbewußtsein geschafft, zwei Flaschen Bier in den Einkaufswagen des Supermarktes zu schmuggeln. Und schließlich war gegen ein bißchen Entspannung nichts einzuwenden. Ich wollte ja nicht wieder anfangen zu saufen.

Nach der zweiten Flasche spürte ich eine große Verlockung, zur Raststätte hinüberzuschlendern, um den anhaltenden Durst mit ein paar frischgezapften Gläsern zu löschen.

Aber ich widerstand. Und kurz darauf schlief ich ein.

XII

Ich wurde vom Klingeln des Handys geweckt. Ein Blick auf das Armaturenbrett verriet mir, daß es sieben Uhr morgens war. Nicht einmal auf der Autobahn durfte man ausschlafen.

»Sascha Wallmoden«, rasselte eine Stimme, die sich nach einem berufsmäßigen Schnellsprecher anhörte.

»Ich bin Mitarbeiter von *Tele Quick*, das ist eine Produktionsfirma, die private Sender, hauptsächlich *RTL*, mit Beiträgen aus NRW beliefert.«

»Wie schön für Sie«, sagte ich.

»Wir sind daran interessiert, ein Interview mit Ihnen zu machen.«

»Aha.«

»Sie werden sich vielleicht fragen, wie wir an Ihre Handy-Nummer gekommen sind.«

»Nun ...«

»Connections. Ohne connections läuft nichts in unserem Job. Wir haben Drähte zu, ich sag mal, informationsrelevanten Stellen bei der Polizei. Nicht nur zur Polizei, natürlich. Sonst würden wir hoffnungslos hintenanstehen.«

Ich schaute aus dem Fenster. Zwischen den anderen Reisemobilen wuselten bereits Leute in Shorts und T-Shirts herum. Reisemobilisten waren eine Gemeinde von Frühaufstehern.

»Stimmt es, daß Sie als Letzter mit den Tierbefreiern gesprochen haben?«

»Ist das schon das Interview?« fragte ich.

»Nein, die Vorbesprechung. Wir brauchen selbstverständlich Bilder. Am liebsten von den Äffchen und dem Veganen Kommando, schön gruftig mit schwarzen Kapuzen und so.«

»Keine Chance«, ließ ich ihn abblitzen.

»Dann von Ihnen. Wir können Ihr Gesicht und Ihre Stimme unkenntlich machen. Sie klingen dann ein bißchen kehlkopfamputiert, das kommt immer gut.«

»Wieviel?« fragte ich.

»Was?« Zum ersten Mal wurde er einsilbig.

»Wieviel?« wiederholte ich.

»Sie meinen Knete, Schotter, Dollars?«

»Demark.«

»Da kann ich Ihnen keine Zusage geben, wir haben nur ein kleines Budget. Aber ich könnte beim Sender nachfragen. An wieviel haben Sie denn gedacht?«

»Zehntausend.«

Er lachte für den Bruchteil einer Sekunde. »Absolut unrealistisch. Das kriegt gerade mal der Kontrabassist eines berühmten deutschen Orchesters, wenn er in Israel seine Hotelrechnung mit Adolf Hitler unterschreibt.«

»Hat der nicht hunderttausend verlangt?«

»Ja, aber nicht bekommen.«

Wir einigten uns auf fünftausend, zahlbar in gebrauchten Hundertmarkscheinen. Als Treffpunkt vereinbarten wir den Ortskern von Ladbergen, einem Städtchen nördlich von Münster.

Dann setzte ich erstmal einen Kaffee auf und machte mir ein Frühstück. Die Infusion von Koffein bewirkte zweierlei: Meine Vorfreude auf die fünftausend Mark sank in demselben Maße, wie sich die Erkenntnis durchsetzte, daß ich den *Tele Quick*-Hansel nicht treffen würde. Er hatte mich praktisch im Halbschlaf erwischt, und mit einem funktionierenden Gehirn betrachtet, war ein solches Interview viel zu gefährlich. Hatte er nicht selbst behauptet, meine Nummer von der Polizei erhalten zu haben? Also konnte die Polizei unser Gespräch auch abhören, oder, schlimmer noch, das Ganze war von vornherein als Falle angelegt. Obwohl sich die Verhandlung über das Honorar sehr authentisch angehört hatte. Ein Polizist wäre sofort auf meine Forderung eingegangen.

Trotzdem, ich hatte mich wie ein Idiot benommen und viel zu lange mit diesem Wallmoden geredet. Ich warf den Kaffeebecher in die Spüle und setzte mich ans Steuer. Ich mußte weg von hier, und zwar schleunigst.

Das Tecklenburger Land hat auch seine Reize. Ich war noch nie ein begeisterter Waldspaziergänger oder Hügelkletterer gewesen, aber vom erhöhten Sitz eines *Hymercar magic* aus betrachtet, schlängelte sich der sanft abfallende Hügelkamm, der den Ausläufer des Teutoburger Waldes bildete, durchaus elegant durch die Landschaft.

Ich hielt an einer Aussichtsstelle mit zwei blauen Punkten, anscheinend so etwas Ähnliches wie Michelinsterne für Wanderer, und setzte mein Frühstück fort, während ich in die Weite der nordwestfälischen Tiefebene schaute.

Um zehn nach acht klingelte erneut das Handy. Ich erwartete einen leicht frustrierten Sascha Wallmoden, doch diesmal war es Imke, die wissen wollte, wo ihre Tochter war.

Ich lachte laut auf. »Ist das ein Scherz, oder was?«

»Georg, ich mache keine Scherze mit Sarah. Ich habe dir das Kind anvertraut, und jetzt will ich es zurückhaben.«

»Woher hast du überhaupt meine Nummer?«

»Im Büro von *Security Check* meldet sich niemand. In einem alten Notizbuch habe ich diese Nummer gefunden. Wahrscheinlich hast du das Handy früher schon mal benutzt.«

»Komm schon! Du sitzt im Polizeipräsidium, umgeben von einigen meiner besten Freunde und Helfer, die dir die Stichworte aufgeschrieben haben.«

»Laß diese blöden Macho-Sprüche«, jammerte Imke. »Ich bin verzweifelt, verstehst du das nicht? Sag mir, wo Sarah ist, bitte!«

»Okay, ich glaub dir zwar kein Wort, aber was soll's? Ich habe Sarah bei Aische gelassen, der Sekretärin von *Security Check*. Falls Sarah nicht gekidnappt worden ist, befindet sie sich immer noch in der Obhut von Aische. Falls jedoch, was sehr viel wahrscheinlicher ist, Aische von der Polizei einkassiert worden ist, denn alle meine Kollegen sind spurlos von der Bildfläche verschwunden, dann frag gefälligst die Polizei!«

»Georg, das ist ja furchtbar. Wir müssen uns unbedingt treffen und überlegen, was zu tun ist.«

Jetzt war ich sicher, daß sie mir Theater vorspielte. Langsam gingen mir diese Polizeitricks auf die Nerven. »Ich will mich aber nicht mit dir treffen. Und sag den grünen Kollegen, sie sollen mich endlich in Ruhe lassen! Ende des Gesprächs.«

Kaum hatte ich sie weggedrückt, klingelte das Handy schon wieder. Ich sagte: »Hier spricht der automatische Anrufbeantworter von Georg Wilsberg. Ich bin weder zu Hause, noch können Sie mir etwas aufs Band sprechen. Sie können mir allerdings den Buckel runterrutschen oder mich wahlweise irgendwo lecken.«

»Du bist eine Gefahr für die Menschheit«, sagte Hauptkommissar Stürzenbecher. Er klang erheblich unfreundlicher als beim letzten Mal.

»Was du nicht sagst. Wie wär's zur Abwechslung mal mit einem Kompliment? Jeder Polizeipsychologe wird dir bestätigen, daß Menschen viel zugänglicher sind, wenn man sie freundlich behandelt.«

»Ich meine das ganz real, du Idiot! Wir haben ...«, er kaute an dem richtigen Wort, »... ein gesundheitliches Problem.«

»So? Meine gesundheitlichen Probleme lassen sich durch ein Aspirin lösen, und dadurch, daß ich gleich das Handy für immer abstelle.«

»Kapier doch, es gibt ... Ich kann dir das nicht näher erklären«

»Das solltest du aber. Du hast genau drei Sekunden Zeit.«

»Wilsberg, ich bitte dich inständig: Sag mir, wo du bist! Du hast kein Strafverfahren oder sowas zu erwarten, die Veganer übrigens auch nicht. Wir wollen nur an die Kapuzineraffen rankommen. Eine reine Vorsichtsmaßnahme.«

»Ich laß den Veganern bei Gelegenheit dein Angebot zukommen. Vielleicht gehen sie ja darauf ein.«

»Wir haben nicht soviel Zeit.« Er keuchte vor lauter Anstrengung, keinen Wutanfall zu bekommen. »Sei doch vernünftig, Mensch! Wir haben dein Auto gefunden, und wir wissen, daß du im Raum Tecklenburg unterwegs bist. Stell dich freiwillig, oder du kriegst eine Großfahndung, wie du sie noch nie erlebt hast.«

»Dann nehme ich die Großfahndung«, sagte ich und stellte das Handy endgültig aus. Dummerweise konnte mich jetzt auch Franka nicht mehr erreichen, aber bei all den Polizisten, die sich die Finger wund wählten, würde sie ohnehin nicht durchkommen.

Anschließend gab ich Gas, soweit das bei meiner Schüssel möglich war. Der Diesel des *Hymercar* hatte an den Postforming-Möbeln schwer zu schleppen und schaffte auf kurviger Landstraße gerade mal siebzig. Bei einem Verfolgungsrennen würde ich alt aussehen.

Ich fuhr nach Osten, Richtung Georgsmarienhütte. Unterwegs kamen mir drei Polizeiwagen entgegen. Ihre Insassen schienen sich nicht für Reisemobile zu interessieren. Ich beglückwünschte mich zu meinem begnadeten Versteck. Vielleicht sollte ich die Idee an die Berufsvereinigung der Räuber und Erpresser verkaufen.

Die monströse Stahlkonstruktion der stillgelegten Eisenhütte, die nach irgendeinem König Georg benannt worden war, wirkte in der bescheidenen Agrarlandschaft des Nordteutos wie ein bizarrer Eindringling. Die gleichnamige Stadt war auch keine Sehenswürdigkeit, aber jenseits von Oesede fühlte ich mich in Sicherheit.

So recht freuen konnte ich mich darüber nicht. Ich kannte Stürzenbecher lange genug, um zu wissen, daß seine Besorgnis kein reiner Bluff war. Die Entführung von zwölf Affen oder die Gefahren, die von einer Gruppe fanatischer Tierschützer ausgingen, waren wohl kaum der Anlaß für eine großangelegte Polizeiaktion. Da Koslowski und ich unsere Blessuren nicht zur Anzeige gebracht hatten, handelte es sich um reinen Diebstahl. Normalerweise kein Delikt, das Polizistenärsche auf Trab brachte. War die Epidemie unter den Kapuzinern gefährlicher, als ich bislang angenommen hatte? Konnte die Krankheit möglicherweise auf andere Tiere oder – mir gefror für einen Moment das Blut in den Adern – auf Menschen übertragen werden?

Kurze Zeit schwankte ich, ob ich Stürzenbecher das Versteck des Veganen Kommandos Münsterland verraten sollte, ließ den Gedanken jedoch wieder fallen. Ich war jetzt fast vierundzwanzig Stunden auf der Flucht. Kein Wunder, daß mein adrenalinübersäuertes Gehirn Horrorvisionen produzierte. Außerdem hatte ich Franka mein Wort gegeben. Und dann gab es noch etwas. Ich wußte nicht, ob die Veganer bewaffnet waren. Falls sie es waren, konnte ein Trupp anrückender Polizisten zu einer Katastrophe führen.

Nein, ich wollte sie selbst zum Aufgeben überreden. Aber vorher mußte ich herausfinden, was der Grund für die ganze Aufregung war. Und ich hatte auch schon eine Idee, wo ich mit der Suche anfangen mußte.

Über Bad Iburg und die B 51 fuhr ich nach Münster zurück. In einem Berufsbekleidungsgeschäft an der Hammer Straße verschaffte ich mir einen weißen Kittel und dazu passende weiße Lederlatschen, wie geschaffen für das Schlurfen über lange, linoleumbelegte Flure. Derart verkleidet, sah ich nicht nur völlig unerotisch aus, sondern auch wie jemand, der für sein Leben gern Ratten foltert oder seine Nase in frische Affenleichen steckt.

Zuerst versuchte ich es beim Veterinärmedizinischen Untersuchungsamt. Vor der Pathologie hielt ich einen jungen, rothaarigen Burschen in Gummistiefeln auf, murmelte etwas von Regierungspräsidium und fragte nach den Kapuzinerkadavern, die vor kurzem angeliefert worden seien. Er guckte mich schräg an, und ich guckte regierungspräsidial zurück. Ja, da sei mal was mit Affen gewesen, aber die seien an die Uni-Klinik weitergegangen.

»Warum?«

»Spezielle Tests, was weiß ich. Fragen Sie doch Doktor Wang, der hat die Untersuchung geleitet.« Er stutzte. »Das heißt, das geht nicht, Doktor Wang ist auf Dienstreise.«

Ich zog die Mietvereinbarung für den *Hymercar* aus der Kitteltasche und studierte sie eingehend. »Was für eine Schlamperei! Hier steht nichts von der Uni-Klinik. Wissen Sie, welches Institut der Klinik damit befaßt ist?«

Er zog die Schultern nach oben. »Unsere Verwaltung kann Ihnen sicher weiterhelfen. Soviel ich mitgekriegt habe, ging es um Viren. Doktor Wang vermutete eine virale Infektion.« Er wurde gesprächiger. »Das war eine Aktion, sag ich Ihnen. Zuerst hat Doktor Wang nur eine Probe hingeschickt. Und einen Tag später stehen hier zehn Mann auf der Matte, mit einem riesigen LKW. In nullkommanix haben die alle Affen eingepackt. Sowas habe ich noch nicht gesehen.«

Ich dankte ihm, und er zeigte mir den Weg zur Verwaltung. Um ihn nicht mißtrauisch zu machen, blieb ich eine Weile im Treppenhaus stehen und studierte die neuesten Mitteilungen des Personalrates. Es war beruhigen zu erfahren, daß es Probleme gab, von denen ich noch keine Ahnung gehabt hatte.

Am Aasee vorbei fuhr ich über den Kardinal-von-Galen- und den Rishon-Le-Zion-Ring. Die Uni-Klinik war so groß wie ein mittleres Dorf. Im Schatten der beiden runden Bettentürme gab es Dutzende von roten Backsteingebäuden, die Fachkliniken und Institute beherbergten.

Ich entdeckte ein Institut für Medizinische Mikrobiologie, eins für Molekulare Virologie und eins für Infektiologie. Alle drei sahen nicht nach dem aus, was ich suchte. Außerdem fürchtete ich, daß ich hier mit meiner Regierungspräsidium-Nummer und dem Automietvertrag nicht weiterkommen würde. Ich brauchte eine bessere Legitimation.

Mein Blick fiel auf die Augenklinik. Sie war etwas größer als die anderen Kliniken. Ein neuer Weißkittel würde nicht besonders auffallen.

Ich schritt durch das Eingangsportal, trieb mich eine Weile im Laborbereich und der Ambulanz herum, stieg dann die Treppe zu den Stationen hinauf. Nach einer Viertelstunde traf ich auf eine Gruppe von Studenten, für die ein weißhaariger Professor das Zentralgestirn bildete. Jetzt kam alles auf Schnelligkeit und Überraschung an. Mit gesenktem Kopf rannte ich geschäftig auf die Gruppe zu, blieb am Fuß des ersten Studenten hängen, geriet ins Stolpern, hielt mich an zwei oder drei Schultern fest, bis ich schließlich an der Brust des Professors landete.

»Passen Sie doch auf, Mann!« fauchte der Halbgott.

»Entschuldigung«, hauchte ich.

Mit angewidertem Gesicht zog er mich hoch. »Schon gut.«

Und weg war ich.

Im Institut für Virologie nahmen die einfachen Angestellten innerlich Haltung an, die Frauen und Männer mit den Doktortiteln auf den Ansteckern nickten mir, nachdem sie kurz zusammengezuckt waren, mit verlegenem Lächeln zu. Die ganze Wirkung ging von dem simplen, silberfarbenen Schild mit schwarzen Buchstaben aus, das an meiner Brusttasche heftete. Es wies mich als Professor Keilmann aus.

In der ersten Etage schnappte ich mir einen Doktor Vonnekötter, der wohl noch ein paar Jahre von seinem dreißigsten Geburtstag entfernt war.

»Eine verdammte Sauerei ist das«, schimpfte ich. »Die schicken einen hin und her wie einen Idioten.«

Seine Augen wurden matt vor Ehrfurcht. »Worum geht's denn, Herr Professor?«

»Ich bin konsultativ hinzugezogen worden, diese Kapuzinergeschichte, aber einen Lageplan, den gibt's natürlich nicht. Ich soll zum ... wie hieß es noch gleich?«

»Da sind Sie hier völlig verkehrt«, versicherte Doktor Vonnekötter. »Wir untersuchen keine Kapuziner.«

»Weiß ich doch, weiß ich doch. Es geht um diese ... äh ...«, ich fuchtelte in der Luft herum, »... Epidemie in Schapdetten. Große Sache, Sicherheitsstufe eins. Helle Aufregung im Ministerium, die Ministerialdirigenten scheißen sich in die Hose: *Kommen Sie sofort, Herr Professor!* Aber wo ist es denn nun?«

Vonnekötter grinste schelmisch und senkte die Stimme. »Ich habe davon gehört. Es wird tatsächlich ein großes Geheimnis daraus gemacht. Angeblich haben ein paar Leute vom Hamburger Tropeninstitut das Kommando übernommen.«

Ich winkte ab. »Eitle Fatzkes, aber was soll's. Wir arbeiten ja alle für die Wissenschaft. Also, wo ist es?«

»Die Zentralstelle für Tierpathologische Forschung. Gleich hinter der Augenklinik müssen Sie links abbiegen, dann sehen Sie nach hundert Metern so einen grauen Kasten, ohne Türschild.«

Der Kasten war so grau und dezent, daß man ihn leicht übersehen konnte. Schmale Fenster gab es nur in den oberen Etagen, und ein hoher, breiter Schornstein verriet, daß hier auch ehemals Lebendiges verbrannt wurde. Auf dem Bürgersteig parkten mehrere Kastenwagen und Mercedesse mit Hamburger und Düsseldorfer Kennzeichen.

Ich schlenderte am Eingang vorbei und wurde sofort von zwei Männern geortet, die sich im Zwischenraum der Doppeltür aufhielten und so aussahen, als wären sie von Natur aus mißtrauisch. Da ich starke Zweifel hegte, ob ihnen mein Professorentitel imponieren würde, ließ ich es lieber nicht darauf ankommen. Statt dessen ging ich weiter bis zu dem großen Fahrradparkplatz, der sich fünfzig Meter aufwärts befand, legte meinen Titel und das Schild ab und setzte mich auf einen Steinblock. Im Detektivberuf kommt es manchmal auf Finesse und meistens auf Geduld an. Für Finesse hatte ich heute schon gesorgt, jetzt war die Abteilung Geduld gefragt.

Gegen ein Uhr mittags ging meine Rechnung auf. Bei Menschen, die von frühmorgens bis spätabends arbeiten, gibt es immer wieder Momente, in denen sie die labbrigen Pizza-Blitz-Pizzen leid sind und mal was anderes sehen wollen als die ewiggleichen, in diesem Fall wahrscheinlich sogar gekachelten Wände.

Vier Männer und eine Frau kamen aus der Tierpathologischen Zentralstelle heraus und gingen mit strammem Schritt in Richtung Domagkstraße. Ich folgte ihnen in gleichem Tempo, und fünf Minuten später wußte ich, daß meine Hoffnung, daß sie die Angestellten-Kantine aufsuchen würden, nicht getrogen hatte.

Schnell verwandelte ich mich wieder in Professor Keilmann und stellte mich hinter ihnen in die Reihe. Die vier Männer setzten sich gemeinsam an einen Tisch, die Frau ging zu einer allein essenden Geschlechtsgenossin, offensichtlich eine Freundin oder Bekannte.

Meinerseits nahm ich einen Erbseneintopf mit Fleischeinlage, der wesentlich besser aussah, als er schmeckte, und bezog eine Warteposition.

Die fünf Affenforscher standen mächtig unter Druck und schlangen ihr Essen in Rekordzeit herunter. Nach einer Viertelstunde war ihre Mittagspause bereits wieder Vergangenheit. Aber die Frau, mit der sich die Forscherin unterhalten hatte, saß noch immer an ihrem Tisch, mittlerweile in einer Zeitschrift blätternd.

Ich gönnte mir einen Vanillepudding als Nachtisch und okkupierte unaufgefordert den freigewordenen Stuhl.

Nach dem ersten Löffel Vanillepudding, ebenfalls eine Enttäuschung, sagte ich: »Schlimme Sache, das.«

Die junge Frau mit dem nicht ganz echten blonden

Haar guckte von ihrer Zeitschrift auf. »Was meinen Sie?«

»Diese Affengeschichte.«

Sie zog die Nase und die Oberlippe ein Stückchen nach oben, als hätte sie etwas Unangenehmes gerochen, und fixierte mich mit blaugrauen Augen. »Woher wissen Sie davon?«

Ich tippte an mein Namensschild. »Virologie.«

Sie nickte. »Ich habe Brenda noch nie so ernst erlebt. Es muß wirklich eine Katastrophe sein.«

»Ganz meine Meinung.« Ich widmete mich dem Vanillepudding. »Falls sich die Analyse bestätigt. Soweit ich gehört habe, gibt's noch ein paar Unsicherheiten. Was meint denn Ihre Freundin?«

Die Blondierte zuckte mit den Schultern. »Da wissen Sie mehr als ich. Ich arbeite nicht in dem Projekt.«

»Ein paar Infos wird Brenda doch rausgelassen haben?« forschte ich weiter.

Ihr durch eine Metallbrille gestählter Blick wurde noch kühler. »Herr Professor, ich habe das Gefühl, Sie wollen mich aushorchen.«

»Ach was. Betrachten Sie unser Gespräch als Kantinenplauderei.«

»Wenn Geheimhaltung angeordnet ist, und laut Brenda *gibt* es eine Nachrichtensperre, dann hält sie sich daran, auch mir gegenüber. Brenda verhält sich immer korrekt.«

»Eine lobenswerte Einstellung«, bemerkte ich professoral. »Ihre Freundin reibt sich wohl ziemlich auf?«

»Brenda arbeitet Tag und Nacht an der Sache.« Sie zischte empört und streifte mein Namensschild mit einem verächtlichen Wimpernschlag. »So ist das nun mal, wenn Frauen Karriere machen wollen: Sie müssen fünfzig Prozent mehr arbeiten als Männer und selbstverständlich auf Familie verzichten. Trotzdem gibt es so wenige Professorinnen unter den Medizinern. Finden Sie das nicht merkwürdig?«

»Nun ja.« Ich strich über meinen Kittel. »Ich habe seinerzeit auch auf einiges verzichten müssen.« Ich grinste. »Auf Frauen allerdings nicht.«

Möglicherweise war das nicht die richtige Antwort, um sie zu meiner Verbündeten zu machen. Oder sie wollte sowieso gehen.

Mit einem energischen Schlag faltete sie die Zeitschrift zusammen und stand auf. »Wie Sie meinen, Herr Professor. Einen schönen Tag noch!«

Als ich die Kantine verließ, begegnete mir der echte Professor Keilmann. Einen Hustenanfall vortäuschend, bedeckte ich Gesicht und Namensschild mit Armen und Händen. Keilmann erstarrte zu einer Salzsäule, doch ähnlich wie Lots Weib verlor er kein einziges Wort.

XIII

Diesmal mußte ich länger warten. Ich hatte meine Verkleidung als Handlanger der maroden Sozialversicherung abgelegt und wieder die im Verbrauchermarkt erstandene Freizeitkleidung, eine graue Jeans und ein rostfarbenes Sweatshirt, beides zusammen für weniger als sechzig Mark, angezogen und meinen Beobachtungsposten am Fahrradparkplatz oberhalb des Tierlabors bezogen.

Es wurde Abend und es wurde Nacht. Ein Haufen Sterne und eine torkelnde Mir zogen über das Firmament, während sich in Bodennähe eine empfindliche Nachtkühle bemerkbar machte. Die Warterei verfluchend, machte ich leichtere gymnastische Übungen, um mich von Hunger und Durst abzulenken und meinen Kreislauf in Gang zu halten.

Ab und zu verließ jemand die Tierpathologische Forschungsstelle, aber Brenda ohne Nachnamen forschte weiter für ihre universitäre Karriere. Sie allein interessierte mich, wenn ich die Worte ihrer Freundin richtig deutete, war sie familienlos, und diesen Umstand wollte ich ausnutzen.

Eine Stunde vor Mitternacht kam Brenda heraus. Ich hoffte, daß sie ihr Auto an der Domagkstraße und nicht auf einem der Parkdecks der Bettentürme abgestellt hatte, denn mein Reisemobil lag in der Domagkstraße in Lauerstellung. Doch dann kam sie direkt auf mich zu.

Sie schien sehr müde zu sein und hielt den Blick gesenkt. Blitzschnell tauchte ich hinter einen Busch. Von dort aus durfte ich mitansehen, wie sie das Schloß eines Fahrrades öffnete. Damit hätte ich in Münster rechnen müssen.

Hatte ich aber nicht. Deshalb blieb mir nur ein beherzter Sprint, während sie zügig den Versorgungsweg zur Domagkstraße hinunterrollte. Als ich atemlos an meinem *Hymercar* ankam, sah ich ihr Rücklicht in Richtung Aasee verschwinden.

Das Reisemobil war nicht gerade ein ideales Verfolgungsfahrzeug. Mit dem Widerwillen eines überladenen Kamels bequemte es sich zur Geschwindigkeitssteigerung. Verzweifelt suchte ich den Fahrradweg am Kardinal-von-Galen-Ring ab. Mir blieb nur diese eine Chance. Falls sie zur Sentruper Höhe oder zur Innenstadt abgebogen war, konnte ich den Tag genausogut aus dem Kalender streichen.

Unmittelbar vor dem Aasee atmete ich auf. Eine nach vorn gebeugte Gestalt mit langen, wehenden Haaren radelte ins Licht der Straßenlaternen, die die Aaseebrücke beleuchteten. Brenda.

Der Rest war ein Kinderspiel. Keine hundert Meter weiter fuhr sie nach rechts, zur Aaseestadt, und kurz darauf schob sie ihr Zweirad in den überdachten Fahrradständer eines vierstöckigen Apartmenthauses.

Ich wartete, bis auf der rechten Seite der dritten Etage Lampen eingeschaltet wurden. Dann konsultierte ich das Klingelbrett. Ich hatte die Wahl zwischen einem

Hafik Aziz und einem oder einer B. Schulte. Mein detektivischer Instinkt sagte mir, daß B. Schulte die Richtige war.

Zunächst machte ich gar nichts. Sie war zwar müde, aber womöglich durch die Arbeit noch zu sehr aufgeputscht. Aus strategischen Gründen war der Zeitpunkt ebenfalls ungünstig, und schließlich brauchte ich für meinen Plan eine anständige Verkleidung.

Ich ging zum *Hymercar* zurück und fuhr nach Mauritz, einen Stadtteil, in dem der gutverdienende Mittelstand und ein paar steinreiche Unternehmer zu Hause waren.

Mein alter Freund Thomas war inzwischen in die Klasse derjenigen aufgestiegen, die das Fälschen der Einkommenssteuererklärung nur als eine Art Gesellschaftsspiel ansehen. Schuld daran waren seine neue Frau, eine Innenarchitektin, die Leute mit viel Geld und wenig Geschmack beriet, und sein Ehrgeiz, ihr zu beweisen, daß sich auch ein linksliberaler Schlaffi mit gesellschaftskritischem Engagement und altruistischen Vorstellungen in einen knallharten Geschäftsmann verwandeln kann.

Konsequenterweise hatte er seine psychotherapeutische Tätigkeit auf Managertrainings spezialisiert, die er mit Vorliebe im Mittleren Westen der USA oder in der australischen Wüste durchführte. Hier lernten die Manager, Insekten zu essen, Schlangen anzufassen oder ohne Sattel auf Pferden zu reiten. Der Sinn der Übung bestand darin, die Angst und den inneren Schweinehund zu überwinden, zum Beispiel die Angst vor sozialem Gewissen, wenn mal wieder hundert verdiente Mitarbeiter auf die Straße gesetzt werden mußten. Natürlich zahlten die Unternehmen gern Thomas' horrende Preise, wenn das leitende Personal derart gestählt zurückkam.

Thomas und die Innenarchitektin wohnten in einer zweistöckigen Villa mit Blick auf einen Ententeich. Ich checkte das Haus, den Ententeich und die parkenden Autos, die Luft schien rein zu sein.

»Da hast du aber Glück gehabt«, sagte Thomas. Er trug einen gestreiften, seidenen Pyjama unter einem bordeauxroten Hausmantel. Sein früher einmal graumeliertes Haar strahlte in jugendlicher Schwärze. Fast kam es mir vor, als sei es in der Zwischenzeit voller geworden. »Morgen mittag fliege ich in die USA.«

»Glück ist mein zweiter Vorname«, sagte ich.

»Komm rein! Kann ich dir etwas zu trinken anbieten?«

Wir gingen in das, abgesehen von ein paar sehr teuren Möbeln, fast leere Wohnzimmer. Er öffnete einen Barschrank und holte eine Flasche heraus, die ebenfalls sehr teuer aussah.

»Für mich nicht«, wehrte ich ab. »Ich bin in Eile, und meine Anwesenheit könnte dich in Gefahr bringen.«

Er grinste neugierig. »Du bist auf der Flucht?«

»Ja, obwohl ich nichts verbrochen habe.«

»Das mußt du mir erklären.«

»Ein andermal, die Geschichte ist zu lang. Außerdem hat sie zu viele Lücken und noch kein anständiges Ende.«

Er schaute mich nachdenklich an. »Welchen Gefallen soll ich dir tun?«

»Einen klitzekleinen. Ich brauche einen seriösen, dunklen Anzug, ein weißes Hemd und eine dezente Krawatte.«

Nach nur vier Stunden Schlaf erhob ich mich von dem ausklappbaren Bett im *Hymercar* und brach zu einem Jogginglauf am Aasee auf. Normalerweise lehnte ich es ab, meinen Körper derart zu schinden, aber eine bessere Methode, nicht so auszusehen, als sei ich gerade aufgestanden, fiel mir nicht ein.

Morgens um sechs war die Strecke am Aasee belebter

als die Innenstadt. Jogger beiderlei Geschlechts, mit und ohne Walkman, zeigten mir die Sohlen ihrer Markenlaufschuhe. Ich kam mir vor wie ein weißer Läufer unter lauter Kenianern.

Nach zwanzig Minuten beschloß ich, daß ich mich genug gequält hatte, kehrte zum Reisemobil zurück, nahm eine kurze Dusche und ein ebenso knappes Frühstück.

Dann zog ich Thomas' Anzug an. Bei ausreichender Ernährung hatte ich rundere Hüften als Thomas, aber der Streß der letzten Tage und die vegane Fastenkur hatten mich mindestens zwei Kilo gekostet. Der Anzug paßte wie angegossen.

Ich hatte meinen *Hymercar magic* auf einem Aasee-Parkplatz abgestellt, keine zweihundert Meter von Brendas Apartment entfernt. Unterwegs rauchte ich einen Zigarillo und nebelte mich kräftig mit Tabakrauch ein. Ich würde aussehen und stinken wie ein Mann, der seit anderthalb Stunden im Auto gesessen hat.

Um punkt halb sieben drückte ich auf ihre Klingel. Vermutlich hatte sie noch geschlafen, denn es dauerte drei Minuten, bis sich die Tür öffnete. Das entsprach genau meinen Vorstellungen. Ich wollte sie im Zustand morgendlicher Benebeltheit erwischen.

Statt des Aufzugs nahm ich die Treppe. Leicht verschwitzt und atemlos kam ich oben an. Brenda Schulte stand barfuß, nur mit einem grünen Bademantel bekleidet, in der Tür. Ihr dunkelblondes Haar hing ungekämmt herunter. Zum ersten Mal sah ich sie aus der Nähe. Ich schätzte sie auf Mitte bis Ende Zwanzig. Sie hatte ein schmales Gesicht mit einem kantigen Kinn, dessen gerade Linie von einem Grübchen unterbrochen wurde. Ihre Augen sahen fast schwarz aus, weil sich die Pupillen stark erweitert hatten. Beim Versuch, mich zu fixieren, verengten sich die Augen zu Schlitzen. Ich nahm an, daß Brenda noch nicht dazu gekommen war, ihre Kontaktlinsen einzusetzen.

»Entschuldigen Sie den frühen Überfall. Mein Name ist Prokopp, vom Gesundheitsministerium in Düsseldorf.« Ich zeigte ihr kurz den grünen Ausweis eines Großhandels, mit dem man verbilligt einkaufen konnte. »Darf ich eintreten?«

»Ja ... äh ..., natürlich.«

Sie wich zur Seite, und ich stampfte zielstrebig an ihr vorbei. Das Apartment bestand aus drei Räumen, einer Wohnküche, einem Schlafzimmer und einem Badezimmer. Ich blieb in der Mitte der Wohnküche, dem hintersten Raum, stehen und drehte mich um.

»Sie haben mich geweckt.« Ihre Stimme klang ein bißchen vorwurfsvoll.

»Kein Problem.« Ich schaute auf meine Armbanduhr. »Ich habe zwar nicht viel Zeit, aber Sie können sich ruhig frisch machen.«

Sie nickte, als sei das ein faires Angebot. »Möchten Sie einen Kaffee?«

»Ein Kaffee wäre wundervoll.«

Ich ließ mich in einen von zwei verchromten Polstersesseln fallen, die mit einem genauso schlicht gearbeiteten Sofa den Wohnteil des Kombi-Zimmers bildeten, und schaute zu, wie sie Kaffeepulver in die Kaffeemaschine schaufelte. Während die Maschine das handelsübliche Blubbern von sich gab, zog sich Brenda für ein paar Minuten in die vorderen Räume zurück.

Als sie zurückkam, schimmerten ihre Augen grünlich. Sie trug jetzt eine verwaschene Jeans und einen grauen Rollkragenpulli.

Nachdem sie mich kurz von oben bis unten gemustert hatte, schenkte sie uns zwei Tassen Kaffee ein. »Wieso ...«

»... ich so früh bei Ihnen auftauche?« führte ich ihre Frage zu Ende. »Das ist ganz einfach. Ich bin dazu verdonnert worden, die Koordinierung zu übernehmen, und hatte keine Zeit, mich in die Materie einzuarbeiten. Selbstverständlich bin ich in groben Zügen informiert.

Aber Sie werden verstehen, daß ich nicht belämmert herumstehen oder ständig dumme Fragen stellen möchte. Deshalb dachte ich, Sie könnten mir einen Kurzbericht des Forschungsstandes geben. Sie sind mir als eine sehr begabte und verantwortungsbewußte Wissenschaftlerin geschildert worden.«

»Danke.« Der Anflug eines Lächelns huschte über ihr Gesicht. »Was wollen Sie genau wissen?«

Ich nahm einen Schluck Kaffee. »Alles, hätte ich fast gesagt. Schießen Sie einfach los! Ich hake dann an Punkten ein, die mich näher interessieren.«

Sie überlegte. »Die Kurzversion?«

»Die Kurzversion ist okay.«

»Nun, wir sind definitiv sicher, daß es sich um ein Filovirus handelt, das mit Ebola und Marburg verwandt ist. Die gezüchteten Stämme, die wir aus den Affenzellen entwickelt haben, zeigen unter dem Elektronenmikroskop das typische Bild. Allerdings gibt es kleinere Abweichungen.«

Während sie weiter über DNA, RNA, Proteine, Knoten, Schlaufen, Brezeln und Schäferstäbe redete, wurde mir siedendheiß. Von Filoviren und einer Krankheit namens Marburg hatte ich noch nie etwas gehört, aber über Ebola hatte ich vor Jahren einen Zeitungsartikel gelesen. Das war eine Epidemie, die sich schon ein paarmal in Zaire oder Kongo ausgebreitet hatte. Soweit ich wußte, eine mit großer Wahrscheinlichkeit tödliche Krankheit, gegen die es kein Gegenmittel gab. Die infizierten Menschen wurden nach wenigen Tagen, in denen sie fürchterliche Qualen erleiden mußten, von den Viren quasi aufgefressen.

Als ich wieder zuhörte, war Brenda bei einem anderen Thema: »... wir in Münster keine Reagenzien mit Antikörpern haben, um Reaktionstests durchzuführen, haben wir einige Schapdetten-Proben an das Hamburger Bernhard-Nocht-Institut für Tropenmedizin geschickt.«

»Hoffentlich nicht per Post«, scherzte ich, um ihr zu beweisen, daß ich noch bei der Sache war.

Sie schloß sich höflich meiner Heiterkeit an. »Natürlich nicht. Vorsichtshalber haben wir die höchste Sicherheitsstufe angeordnet. Das Laborfahrzeug wurde die ganze Zeit von zwei Polizeiwagen eskortiert.«

»Sehr gut. Und es hat eine Reaktion gegeben«, vermutete ich ins Blaue.

»Richtig. Mit Marburg.« Sie spreizte ihre Hände. »Auch das bedeutet noch nicht viel. Das heißt nur, daß unser Virus mit Marburg eng verwandt ist.«

»Aha«, sagte ich.

»Die Tierpathologen sind zu ähnlichen Befunden gekommen. Sie haben inzwischen an die fünfzig Affen seziert. Die Symptome sind mal schwächer und mal stärker ausgeprägt, in vielen Fällen könnte es sich auch um SHF handeln.«

Etwas regte sich in meinem Gedächtnis. Richtig, Michael Holtgreve hatte die Abkürzung erwähnt. »Dieses Affenfieber?«

Sie nickte. »*Simian hemorrhagic fever,* hämorrhagisches Affenfieber, nicht auf Menschen übertragbar.«

»Aber Sie sagten ...«

»In einigen Fällen haben wir das volle Marburg-Erscheinungsbild vorgefunden: geschwollene Leber und Milz, Blut in der Lunge, im Magen und im Darm, Ablösung der Schleimhäute im Verdauungstrakt. Manche sahen aus, als seien sie halbverwest, obwohl sie kurz zuvor eingeschläfert worden waren. Nur noch Gewebebrei und Knochen, zusammengehalten von einem Hautsack.«

»Das ist ja übel«, sagte ich. Und tatsächlich wurde mir bei der Vorstellung eines Gewebebreis im Hautsack ziemlich schummrig. Zum Glück hatte ich die Affen nicht angefaßt. Aber Franka.

»Ist Ihnen nicht gut?« erkundigte sich Brenda Schulte.

»Nein, das heißt, doch. Ich bin nur etwas früh aufgestanden. Äh ..., die entscheidende Frage ist ja wohl die nach der Ansteckungsgefahr.«

Sie zog kritisch die Augenbrauen zusammen. »Meinen Sie innerhalb der Spezies oder für andere Lebensformen?«

Da mir die Bedeutung ihrer Frage nicht ganz klar war, sagte ich: »Sowohl als auch.«

Wieder erntete ich einen skeptischen Blick. Vermutlich drückte ich mich für ihre Ohren ein wenig zu laienhaft aus. Deshalb setzte ich hinzu: »Als Beamter einer Gesundheitsbehörde interessiert mich natürlich speziell das Gefahrenpotential, das für die menschliche Bevölkerung ausgeht.«

Das schien ihr besser zu gefallen. »Wie bereits gesagt, handelt es sich um eine Variante, wenn nicht gar um einen völlig neuartigen Virustyp, dessen Eigenschaften uns noch weitgehend unbekannt sind. Was allerdings bedenklich stimmt, ist die Infektionsrate unter den Kapuzinern in Schapdetten.«

»Wie hoch ist die?«

»Hundert Prozent. Das müßten Sie doch wissen.«

»Richtig«, bestätigte ich. »Ich hab's irgendwo gelesen. Fahren Sie bitte fort!«

»Wenn wir davon ausgehen, daß nicht alle Kapuziner *vor* der Ankunft in Schapdetten infiziert waren, und davon *müssen* wir ausgehen, dann bedeutet das, daß sich die Viren von Käfig zu Käfig, ja, sogar von einem Raum zum nächsten ausgebreitet haben.«

»Haben Sie dafür eine Erklärung?« fragte ich.

»Wir haben zwei Hypothesen, eine harmlose und eine weniger harmlose. Die harmlose besagt, daß die Tierpfleger als Transportmittel benutzt wurden. Die Tierpfleger haben die Käfige gereinigt, sie haben kranke und gesunde Tiere angefaßt, am Anfang selbst die Kadaver ohne jegliche Schutzmaßnahmen berührt.«

»Und die weniger harmlose?«

Sie sog geräuschvoll Luft ein. »Die weniger harmlose

geht davon aus, daß sich die Viren durch die Luft verbreiten. Wie Grippeviren.«

»Ekelhaft«, sagte ich.

Sie guckte mich erstaunt an. »Um auf Ihre eigentliche Frage zurückzukommen: Bis jetzt hat keine der Personen, die mit den Kapuzinern in Berührung gekommen ist, Krankheitssymptome entwickelt.«

Ich atmete auf. »Das ist ja mal was Erfreuliches.«

»Nur bedingt. Wir kennen die Inkubationszeit nicht genau. Möglicherweise vermehrt sich das Virus im menschlichen Körper langsamer. Antikörpertests reagieren erst ab einer bestimmten Menge. Denken Sie an die Unsicherheit beim AIDS-Test. Für Filoviren sehen Affen und Menschen ziemlich ähnlich aus. Und Marburg *springt* von Affen auf Menschen über.«

»Marburg, ja«, täuschte ich Kennerschaft vor. Was war nur dieses verdammte Marburg? »Immerhin sind alle Kontaktpersonen in Quarantäne, nicht wahr?«

Brenda schüttelte den Kopf. »Nicht alle, nur die, die man kriegen konnte. Die Tierpfleger und das Wachpersonal des Affenhauses befinden sich in einer Isolierstation des Klinikums. Zum Glück haben sich alle Betroffenen zu einer absoluten Kontaktsperre bereiterklärt. Das Letzte, was wir jetzt gebrauchen können, ist eine Panik in der Bevölkerung. Aber es gibt noch ein viel größeres Problem.«

»Sie spielen sicher auf die zwölf Affen an, die vom Veganen Kommando Münsterland entführt worden sind«, warf ich ein.

»Richtig. Die Firma *Arilson* hat den Diebstahl zuerst verheimlicht und ein Detektivbüro beauftragt. Ein unverzeihlicher Fehler. Die Affen sind eine wahre Zeitbombe.«

»*Falls* der Virus auf Menschen übertragbar ist.«

»*Der* Virus?« wiederholte sie. Plötzlich sprang sie auf. »Sie sind überhaupt nicht vom Gesundheitsministerium.«

»Wie kommen Sie darauf?«

»*Der* Virus ist umgangssprachlich. Jeder, der ein bißchen Ahnung von der Sache hat, würde *das* Virus sagen.«

»Nun seien Sie mal nicht pingelig! Ich bin ausgebildeter Jurist und erst seit kurzem im Gesundheitsministerium.«

»Ich hätte gleich darauf kommen können, als ich Ihre Schuhe gesehen habe.«

»Meine Schuhe?« Ich schaute hinunter und entdeckte nichts Ungewöhnliches. »Was ist mit meinen Schuhen?«

»Sie sind dreckig. Jemand mit einem so teuren Anzug trägt keine dreckigen Schuhe.« Sie rannte nervös zur Küchentheke. »Jetzt weiß ich, wer Sie sind. Sie sind dieser Detektiv, der von der Polizei gesucht wird. Sie waren bei den Veganern, und gestern ... Mein Gott!« Sie schlug die Hände an den Kopf. »Sie haben meine Kaffeetasse angefaßt, und Sie sitzen in meinem Sessel. Das darf doch nicht wahr sein.«

Ich erhob mich ebenfalls. »Nun regen Sie sich bloß nicht auf! Sie haben selbst gesagt, daß Menschen wahrscheinlich nicht betroffen sind.«

»Das Wort *wahrscheinlich* habe ich nicht in den Mund genommen. In diesem Stadium der Untersuchung läßt sich überhaupt nichts ausschließen. Oh, nein!« Sie schien einem Nervenzusammenbruch nahe. »Wenn ich wegen Ihnen auf die Isolierstation muß ... Ich bin mitten in einer wichtigen Testreihe. Das ist die Chance meines Lebens. Bleiben Sie da stehen! Kommen Sie ja nicht näher!«

Ich blieb stehen.

»Ich muß die Polizei anrufen«, redete sie mit sich selbst. »Ja, ich werde jetzt die Polizei anrufen.«

Ich stellte mich vor das Telefon. »Das werden Sie nicht tun.«

Sie fing an zu kreischen: »Gehen Sie da weg! Gehen Sie sofort da weg!«

»Hören Sie auf zu schreien!« brüllte ich sie an.

Sie zuckte zurück, als hätte ich sie geschlagen, klappte ein paarmal den Mund auf und zu und schwieg.

»Ich sage Ihnen jetzt, wie das Programm aussieht«, fuhr ich fort. »Wir werden noch fünf Minuten ganz sachlich plaudern. Dann verschwinde ich von hier, und Sie können die Polizei oder wen auch immer anrufen.«

Nachdem Brenda ein Glas aus dem Schrank genommen, es mit Leitungswasser gefüllt und in einem Zug geleert hatte, sagte sie mit heiserer, aber gefaßter Stimme: »Sie müssen der Polizei sagen, wo sich die gestohlenen Kapuziner befinden. Sonst könnte es zu einer Katastrophe kommen.«

Ich schüttelte den Kopf. »Nein. Aber ich werde mit den Informationen, die ich von Ihnen erhalten habe, die Veganer aufsuchen und sie dazu überreden, sich der Polizei zu stellen.«

»Das ist zu gefährlich.«

»Ich halte es für gefährlicher, wenn die Polizei plötzlich bei ihnen auftaucht. So, und nun habe ich noch ein paar Fragen. Das meiste von dem, was Sie gesagt haben, habe ich verstanden, aber einiges ist mir noch unklar. Was, zum Teufel, ist Marburg? Ich dachte immer, das sei eine mittelgroße Stadt in Hessen.«

Der Anflug eines Lächelns huschte über ihr Gesicht. »Viren werden oft nach dem Ort ihrer Entdeckung benannt. Der Ebola ist zum Beispiel ein Fluß in Kongo. Das Marburg-Virus stammt zwar nicht aus Marburg, doch es trat dort zum ersten Mal auf. Das war im Jahr 1967. Plötzlich erkrankten Laborangestellte, die mit Zellkulturen aus den Nieren von Grünen Meerkatzen experimentiert hatten. Die Kranken bekamen hohes Fieber, auf der Haut bildeten sich Flecken. Dann begannen Haut und innere Organe zu bluten, Medikamente zeigten keinerlei Wirkung. Insgesamt wurden einunddreißig Personen infiziert, sieben davon starben, die anderen erholten sich nach einer längeren Krankheitsphase. Später trat das Marburg-Virus vereinzelt auf, ohne daß es zu einer Epidemie gekommen ist. Dafür haben sich seit den Siebziger Jahren mehrere Ebola-Epidemien in Sudan und Zaire ausgebreitet, zuletzt vor zwei Jahren. Das Ebola-Virus besitzt starke Ähnlichkeit mit dem Marburg-Virus, ist allerdings noch gefährlicher. Bei Ebola-Zaire, dem gefährlichsten Virus, das wir kennen, liegt die Todesrate bei neunzig Prozent.« Sie holte Luft. »Wir haben keine Ahnung, woher die Viren stammen. Es sieht so aus, als sei die Erstinfizierung jeweils durch Affen erfolgt. Als dauerhafte Wirtstiere kommen die Affen jedoch nicht in Frage, sie sterben genauso schnell wie Menschen. Es muß irgendwo im afrikanischen Regenwald ein Tier geben, vielleicht ein Insekt, in dem die Viren schlummern.«

»Warum sind diese Viren so gefährlich?«

»Sie greifen zuerst das Immunsystem an, ähnlich wie AIDS, das ja vermutlich auch aus dem afrikanischen Regenwald stammt. Doch wofür AIDS zehn Jahre braucht, das schaffen Ebola und Marburg innerhalb von zehn Tagen. Sie überschwemmen förmlich den Körper, vermehren sich nicht nur in der Leber, sondern auch in den Blutgefäßen. Und dann gibt es keine Rettung mehr.«

Ich deutete eine Verbeugung an. »Vielen Dank für den Vortrag, Frau Doktor.«

»Nichts zu danken«, reagierte sie kühl. »War's das, was Sie wissen wollten?«

»Noch eins: Wenn sich jemand mit diesen Viechern infiziert hat, welche Symptome treten dann zuerst auf?«

Sie überlegte. »Der- oder diejenige bekommt rote Augen, wie bei Malaria, starke Kopf- und Gliederschmerzen und hohes Fieber. Sollte einer der Veganer diese Symptome zeigen, fassen Sie ihn bloß nicht an! Am besten, Sie rennen weg, so weit Sie können.«

»Ich werde daran denken.« Ich ging zur Tür. »Falls Sie mir einen Gefallen erweisen wollen, warten Sie noch fünf Minuten mit dem Anruf bei der Polizei. Das ist eine Bitte und keine Drohung.« Ich legte eine Hand auf die Türklinke und drehte mich zu ihr um.

Brenda Schulte stand mit verschränkten Armen in der Wohnküche. »Hat das Virus, das Sie entdeckt haben, eigentlich einen Namen?«

»Ja. Es heißt Schapdetten-Virus.«

XIV

Ich parkte meinen *Hymercar* halb versteckt unter Bäumen und ging das letzte Stück zu Fuß. Es war ein heißer Sommertag, auf den Wiesen und Feldern zirpten und brummten niedere Lebensformen. Unterwegs hatte ich mich umgezogen und in einer Grill-Station eine Currywurst gegessen. Für den Fall, daß die Veganer meinen Vorschlägen nicht so aufgeschlossen waren, wie ich hoffte, und ich mich schon wieder eine Zeitlang tierlos ernähren mußte.

Mit jedem Schritt wurde mir mulmiger. Einerseits war die Currywurst ein bißchen zu fettig gewesen, andererseits hatte mir Brenda Schulte eine Scheißangst eingejagt. War das noch vernünftig, was ich hier tat? Warum rief ich nicht einfach Stürzenbecher an und überließ es ihm, die Affenhöhle auszuräuchern? Damit, daß ein paar junge Leute, die einer hoffnungslos durchgeknallten Ideologie nachrannten, sauer auf mich waren, konnte ich leben – oder nicht?

Ich blieb stehen. In das Konzert der bodennahen Insekten mischte sich das Gedröhn eines metallischen Kollegen am Himmel. Ich versteckte mich hinter einem Baumstamm und wartete ab, bis der Hubschrauber wieder verschwunden war. Die Polizei würde die Veganer finden, daran bestand kein Zweifel. Es war nur eine Frage der Zeit.

Meine Füße bewegten sich automatisch. Irgendwie

mochte ich Franka und Markus. Warum bildete ich mir nur ein, daß meine Mitwirkung nötig war, um die Sache friedlich zu Ende zu bringen? Verdammter Hochmut. Die Erfahrung hätte mich klüger machen sollen.

Und dann stand ich auch schon in der Nähe der Höhle. Plötzlich kitzelte mich etwas am Rücken. Ich drehte mich um, der Motorradheini hielt mir sein Fahrtenmesser unters Kinn.

»Was willst du hier?« fragte er gepreßt.

»Was wohl? Mein Versprechen einhalten.«

»Bist du allein?«

»Das siehst du doch.«

Er tastete mich ab. Dabei fand er das Handy, das er an sich nahm.

»Wo sind die anderen?« fragte ich.

Er nickte stumm zur Höhle. Ich nahm das als Aufforderung, schob die Büsche zur Seite und stolperte ins dunkle Innere.

»Besuch.« Seine Stimme hallte durch das kahle Gewölbe.

Es dauerte eine Weile, bis sich meine Augen an die Dunkelheit gewöhnt hatten. Dann erkannte ich Franka und Markus, die aus der Nebenhöhle kamen, die mir vor wenigen Tagen als Gefängnis gedient hatte. Sie sahen beide ziemlich mitgenommen aus, aber ich wollte glauben, daß ihre Augen nicht rot waren.

»Warum hast du dein Handy abgestellt?« sagte Franka vorwurfsvoll.

»Weil mich die Polizei dauernd angerufen hat, um mich zu orten.«

»Was ist eigentlich passiert?« erkundigte sich Markus.

»Das ist eine längere Geschichte.«

»Er will uns doch nur hinhalten«, maulte der Motorradheini. »Ich wette, er hat die Bullen mitgeschleppt.«

»Benutz doch zur Abwechslung mal dein Gehirn!« schnauzte ich ihn an. »Was wäre einfacher gewesen, als den Bullen zu sagen, wo ihr euch versteckt habt?«

»Das ist logisch«, entschied Markus. »Ich denke, wir können ihm vertrauen. Und jetzt steck endlich dein Messer weg, Christoph!«

»Ihr werdet schon sehen, was ihr davon habt«, grummelte der Angesprochene, ließ aber brav die Klinge verschwinden.

Im Schein von zwei funzeligen Öllampen setzten wir uns auf die vergammelten Matratzen. Es kam mir so vor, als sei die Luft stickiger geworden, als ich sie in Erinnerung hatte, auch bildete ich mir ein, einen leicht süßlichen Geruch wahrzunehmen, einen Geruch von Krankheit und Tod.

»Was machen die anderen beiden?« fragte ich.

Franka und Christoph schauten zu Markus. Der übernahm bereitwillig die Rolle des Sprechers: »Stefan ist von einem Treffen mit unserer Unterstützergruppe nicht zurückgekommen. Wir nehmen an, daß ihn die Polizei gekascht hat. Und Jens ist krank.«

»Krank?« Ich spürte, wie sich mein Magen zusammenkrampfte. »Was hat er?«

»Eine Sommergrippe, nichts Schlimmes.«

»Kopfschmerzen? Hohes Fieber?«

»Na klar. Ist doch üblich bei Grippe.«

»Hat er rote Augen?«

Markus fand das witzig. »Nicht, daß ich wüßte. Glaubst du, daß er ein Alien oder sowas ist?«

Ich ging nicht darauf ein. »Und was ist mit den Kapuzinern?«

Diesmal überließ Markus Franka die Antwort. »Acht sind tot, und die vier, die noch leben, sehen nicht so aus, als würden sie noch lange durchhalten.«

»Was habt ihr mit den toten Affen gemacht?«

»Wir haben sie begraben, draußen vor der Höhle.«

Ohne Handschuhe, dachte ich. Und einer von ihnen ist bereits krank.

Franka rutschte unruhig auf ihrer Matratze herum. »Nun mach's doch nicht so furchtbar spannend! Was soll die blöde Fragerei, von wegen roten Augen und so? Sag uns endlich, was los ist!«

Ich sagte es ihnen. Der Reihe nach erzählte ich von meinen verschwundenen Kollegen, der Jagd durchs Münster- und Tecklenburger Land, dem Versuch, zuerst im Veterinäramt, dann in der Uni-Klinik die Wahrheit herauszufinden, schließlich berichtete ich von meinem Besuch bei Brenda Schulte.

Als ich fertig war, brach eine unheimliche Stille aus. Etwa eine halbe Minute saßen die drei wie versteinert da, gelähmt vor Entsetzen und Verblüffung. Dann redeten sie alle auf einmal, ein unverständlicher Wortbrei aus Flüchen und Gejammer.

»Hört auf!« brüllte ich. »Jetzt bloß keine Panik! Laßt uns in Ruhe überlegen, wie wir vorgehen.«

»Das ist doch alles gelogen«, ereiferte sich Christoph. »Das erzählt er uns nur, damit wir freiwillig aufgeben. In Wirklichkeit ist die Affenkrankheit nicht ansteckend.«

Ich schnitt eine Grimasse. »Du hast mir nicht zugehört. Ich habe gesagt, daß die *Gefahr* besteht, daß sie ansteckend sein könnte.«

»Und wo sind mein Vater, meine Mutter, meine Schwester?« schrie Franka ihn an. »Warum sollten die Bullen sie verhaften? Mein Vater hat die Kapuziner mit Sicherheit nicht geklaut.«

»Das haben sie gemacht, um uns unter Druck zu setzen«, antwortete Christoph ohne Überzeugung.

»Nein«, sagte Markus niedergeschlagen. »Alle Beobachtungen, von denen wir gehört haben, alle Tatsachen, die wir uns nicht erklären konnten, machen einen Sinn, wenn Georgs Geschichte der Wahrheit entspricht. Ich glaube ihm.«

»Na schön.« Christoph schüttelte beleidigt sein Langhaar. »Und was jetzt?«

»Zuerst möchte ich Jens sehen«, sagte ich.

Jens war der dürre Schweiger. Er steckte bis zum

Kinn in einem Schlafsack und lag auf dem Boden einer anderen Nebengrotte. Markus' Taschenlampe streifte sein Gesicht, es sah verschwitzt aus.

»Wie geht's dir?« fragte ich.

»Beschissen.« Seine Zähne klapperten. »Mir ist kalt.«

»Das kommt vom Fieber.« Ich nahm Markus die Taschenlampe ab und richtete den Strahl auf Jens' Augen.

»Aua! Was soll denn das?«

»Tut mir leid.«

»Hat *Arilson* für die Kapuziner gelöhnt?« fragte er mit abgewandtem Kopf.

»Nein, leider nicht.«

»Ruh dich jetzt aus!« Franka kniete neben ihm. »Es wird alles gut, glaub mir.«

Jens nickte tapfer. »Ich hab Durst.«

»Ich bring dir gleich einen Tee.«

Ich gab den anderen ein Zeichen, und wir zogen uns in die erste Höhle zurück.

»Nun?« fragte Markus.

»Ich bin zwar kein Arzt, aber für mich sahen die Augen *nicht* rot aus.«

»Na also«, höhnte Christoph. »Die haben die Geschichte erfunden, um uns Angst einzujagen.«

»Muß erst jemand sterben, bevor du zur Vernunft kommst?« herrschte ich ihn an.

»Mach mich nicht an!« meckerte er zurück. »Von dir laß ich mir überhaupt nichts sagen.«

Markus beendete die Streiterei: »Hast du einen Vorschlag, Georg?«

»Ja, deshalb bin ich ja hier. Ich schlage vor, daß ich jetzt die Polizei anrufe und sage, daß ihr euch freiwillig stellt. Ihr habt keine schwere Strafe zu erwarten. Ich nehme an, daß Frankas Vater den Diebstahl der Affen niedrig hängt, mein Kollege und ich verzichten ebenfalls auf eine Anzeige wegen Körperverletzung. Allerdings müßtet ihr für eine Weile in Quarantäne.«

»Ein Scheißvorschlag«, maulte Christoph. »Dann

können wir genauso gut abhauen, solange wir die Gelegenheit haben.«

»Und womöglich mit dem Virus die ganze Welt verseuchen.«

»Wenn es den Virus überhaupt gibt«, sagte er abfällig.

»Seht doch endlich ein, daß euer Unternehmen gescheitert ist«, redete ich weiter auf sie ein. »Ihr habt's versucht, und es hat nicht geklappt. Man muß auch Niederlagen wegstecken können. Glaubt mir, ich habe da eine Menge Erfahrung.«

»Die Rache der Natur«, sagte Markus nachdenklich. »Im Grunde sind diese Viren ein Beweis für die Richtigkeit unserer Thesen. Der Mensch hat die anderen Tiere so lange dezimiert und domestiziert, bis er keine natürlichen Feinde mehr hatte. Jetzt zerstört er die Umwelt der letzten freilebenden Tiere, dringt in ökologische Reservate vor, die bislang unberührt waren. Und dabei stöbert er Lebensformen auf, die ihm gefährlicher werden können als alle Löwen, Tiger, Wölfe und Bären zusammen. AIDS, Ebola, Marburg – das ist erst der Anfang. Vielleicht vernichtet das nächste Virus neunzig oder fünfundneunzig Prozent der Menschheit, um das ökologische Gleichgewicht wieder herzustellen.«

Ich beobachtete ihn gespannt. Seine Freude an dem Untergangsszenario gefiel mir überhaupt nicht.

Markus lachte. »Das ist es doch, was die Mediziner befürchten, nicht wahr, Georg? Daß wir Wirtstiere für ein neuartiges Virus sind, das sich als gefährlicher Feind unserer Spezies erweist? Ausgerechnet wir, die wir für die Rechte der anderen Tiere eintreten.« Er ballte die Faust. »Es wäre ein Hohn, ein absoluter Hohn, wenn wir als erste Opfer ausersehen wären.«

»Was meinst du?« fragte Franka. Ihre Stimme zitterte.

»Ich denke, wir sollten auf Georgs Vorschlag eingehen. Ich möchte nicht sterben. Also gehe ich lieber in eine Klinik und hoffe darauf, daß den Ärzten etwas einfällt. Und trotz all ihrer Schwächen stehen mir die

Menschen immer noch näher als Viren. Falls wir das Virus in uns tragen, dürfen wir es nicht verbreiten.«

Einige Zentner Sorgen fielen von meinen Schultern.

»Ich bin derselben Meinung«, sagte Franka.

Christoph warf ihr einen giftigen Blick zu. »Und ich bin dagegen. Ich habe keine Lust, mich einsperren zu lassen.«

»Zwei zu eins«, stellte ich sachlich fest.

»Moment!« protestierte Christoph. »Was ist mit Jens?«

»Dann müßten wir ihm die Wahrheit sagen«, belehrte ihn Markus sanft. »Glaubst du, daß das in seinem jetzigen Zustand gut für ihn wäre?«

»Na schön«, knurrte Christoph. »Ich beuge mich der Mehrheit.«

Ich streckte die Hand aus. »Mein Handy, bitte!«

Zwei Minuten später hatte ich Stürzenbecher in der Leitung.

»Sieh an«, höhnte der Hauptkommissar, »du hast den Knopf zum Einschalten wieder gefunden. Steht dir das Wasser bis zum Hals, oder was?«

»Ich mußte tun, was ich tun mußte.«

»Bei Gelegenheit werden wir uns mal über deine Lizenz unterhalten.«

»Das hat Zeit«, sagte ich. »Ich schlage dir jetzt eine Lösung vor, die für alle Beteiligten die beste ist.«

»Und die wäre?«

»Das Vegane Kommando Münsterland, also die Leute, die die Kapuziner entführt haben, sind bereit, sich freiwillig zu stellen. Sie wissen auch, daß ihnen ein paar Wochen Quarantäne blühen.«

»Und Gefängnis«, grollte Stürzenbecher. »Und zwar nicht zu knapp.«

»Das entscheiden dann die Richter. Möchtest du jetzt wissen ...«

»Jemand krank?« unterbrach mich der Hauptkommissar.

»Ja, einer.«

»Scheiße.«

»Ich bin mir nicht sicher, ob es diese Virusgeschichte ist. Könnte sich auch um eine normale Sommergrippe handeln.«

»Und die Affen?«

»Acht sind gestorben, die restlichen vier kurz davor, ihrem Affengott gegenüberzutreten.«

Stürzenbecher schwieg.

»Paß auf, ich sage dir jetzt, wo sich das Versteck befindet.«

»Nicht nötig. Kommt einfach langsam und mit erhobenen Händen heraus.«

»Wieso ...«

»Kommen Sie mit erhobenen Händen heraus!« dröhnte eine metallisch pfeifende Stimme.

Ich hielt das Handy ein Stück vom Ohr weg.

»Das kam von draußen«, sagte Markus.

Christoph sprang auf. »Du hast sie also doch hergeführt.«

»Du nervst«, kanzelte ich ihn ab. Ins Handy sagte ich: »Stürzenbecher, was soll das?«

»Glaubst du, wir sitzen die ganze Zeit auf unseren breiten Beamtenärschen? Keine schlechte Idee; mit einem Reisemobil in der Gegend herumzugurken. Aber irgendwann fällt auch bei uns der Groschen.«

Draußen meldete sich die Lautsprecherstimme: »Sie haben noch drei Minuten Zeit, um unserer Aufforderung Folge zu leisten.«

»Erzähl dem Blechautomaten, daß er sich das Theater sparen kann!« forderte ich Stürzenbecher auf. »Wir sind bereits auf dem Weg.«

»Er hält sich nur an den vorgeschriebenen Text«, meinte der Hauptkommissar lakonisch. »Und macht keine unvorsichtigen Bewegungen! Die Jungs haben einen Heidenbammel.«

Ich stand auf.

»Ist dir wohl nicht aufgefallen, daß du verfolgt wirst, was?« fauchte mich Christoph an.

Ich hätte ihm gerne das Maul gestopft, aber nach dem Vortrag von Brenda Schulte hielt ich es für das Klügste, ihn nicht anzufassen.

Franka stellte sich neben mich. »Laß Georg endlich in Ruhe! Er kann nichts dafür.«

Ich sandte ihr einen dankbaren Blick, was Christoph noch mehr auf die Palme brachte: »Zu wem hältst du eigentlich? Ich bin dein Freund, Franka, hast du das vergessen?«

»Ich glaube, es wird Zeit, daß sich das ändert.«

»Noch zwei Minuten«, meldete die blecherne Zeitansage.

Markus trat zwischen uns. »Hört auf mit der Anmacherei! Da wir uns entschieden haben zu kapitulieren, sollten wir es mit Würde tun.«

»Laß dein Messer hier!« zischte ich Christoph an. »Die Polizisten da draußen sind ziemlich nervös.«

Er gehorchte widerwillig.

»Hat sonst noch jemand eine Waffe bei sich?«

Markus und Franka schüttelten die Köpfe.

»Okay, dann los!«

Im Gänsemarsch, die Hände in Kopfhöhe, trotteten wir nach draußen.

»Kneif mich!« flüsterte Franka mir ins Ohr. »Das glaub ich nicht.«

Es sah aus, als wären wir mitten in eine Invasion von Außerirdischen geraten. Rund fünfzig Gestalten in weißen Schutzanzügen, komplett mit Plastikhelm und Sauerstofftank auf dem Rücken, standen rings um die Höhle und auf dem Hügel oberhalb des alten Steinbruchs. Ungefähr die Hälfte von ihnen hatte kleine, handliche Maschinenpistolen auf uns gerichtet.

Wie ein Sturmwind fegte die auf Popkonzertstärke aufgemotzte Stimme durch den Wald: »Werfen Sie Ihre Waffen weg! Wir machen Sie darauf aufmerksam, daß jeglicher Versuch von Widerstand zum sofortigen Schußwaffengebrauch führt.«

»Wir sind unbewaffnet«, brüllte ich nach oben, wo ich den Mann am Mikro vermutete. »Und wir versprechen, keine Löcher in die Schutzanzüge zu beißen. Falls Sie nicht zufällig Steven Spielberg heißen, hören Sie gefälligst auf mit diesem Hollywood-Scheiß!«

Der Lautsprecher knackte, dann erkannte ich Stürzenbechers soundtechnisch verzerrte Stimme: »Sehr witzig, Wilsberg! Die Kollegen in den Weltraumanzügen werden euch jetzt abführen. Seid schön friedlich!«

Die weißen Gestalten rückten näher. Hinter den Sichtfenstern wurden erste Gesichter erkennbar. Verschwitzte, angespannte Gesichter von Männern und Frauen, die uns anguckten, als wären *wir* die Außerirdischen.

XV

»Haben Sie Sojaeis?« fragte Franka.

»Natürlich, Signorina«, schleimte Mario. »Mit gusto Erdbeer, Karamel oder Schokolade.«

»Dann nehme ich Erdbeer und Karamel, ohne Sahne, bitte!«

»Si. Sehr gerne. Und für den dottore eine Eiskaffee?«

»Der dottore nimmt wie immer einen Eiskaffee«, sagte ich.

Diese Werbung für Tüten-Cappuccino animierte alle italienischen Kellner, ihren italienischen Akzent zu übertreiben – besonders in Gegenwart von jungen Frauen.

Wir saßen vor der Eisdiele an der Kreuzkirche. Ich hatte mir sogar von Jan ein Paar Plastikturnschuhe geliehen, als Zeichen meines guten Willens.

Mario trat ab, und es entstand eine kleine Pause, die wir mit einem verlegenen Lächeln überbrückten. Seit jenem denkwürdigen Augenblick, als wir die Höhle in den Baumbergen verlassen hatten, waren sechs Wochen vergangen, wahrscheinlich die sechs längsten Wochen meines Lebens.

In der Isolierstation des Klinikums hatte ich Koslowski, meine anderen männlichen Kollegen und die Tierpfleger des Schapdettener Affenhauses getroffen. Die ersten Tage vergingen in gespannter Unruhe zwischen Hoffen und Bangen, während Ärzte und Krankenschwestern in Schutzanzügen unsere Körperfunktionen überprüften. Wir sprachen wenig und horchten in uns hinein, jeder leise Kopfschmerz und jedes Nasenbluten konnten einen Panikanfall verursachen. Doch niemand wurde ernsthaft krank. Selbst Jens, der in einem eigenen, abgetrennten Zimmer lag, erholte sich langsam, wie uns die Krankenschwestern berichteten. Es war wohl tatsächlich nur eine Sommergrippe gewesen.

Und dann, nach etwa einer Woche, begann die Phase der Langeweile. Wir fühlten uns eingesperrt, zu viele Männer hockten auf zu engem Raum zusammen, das Essen wurde uns durch eine Luftschleuse hereingeschoben, nicht einmal die Fenster ließen sich öffnen. Es war wie in einem U-Boot, das auf dem Trockendock liegt und dessen Ausstiegsluke klemmt.

Die Stimmung wurde gereizter, bei den ewigen Skat- und Pokerrunden kam es immer öfter zu Streitereien, einige drehten durch und hämmerten mit bloßen Fäusten gegen die zentimeterdicken Glasscheiben.

Nach endlosen dreißig Tagen gaben die Ärzte Entwarnung. Menschen hatten sich definitiv nicht mit dem Schapdetten-Virus infiziert. Entweder sprang das Virus nicht von Affen auf Menschen über, oder es hatte keine Eintrittspforte, zum Beispiel eine offene Wunde, gefunden. Wie sich das Virus unter den Kapuzinern ausgebreitet hatte, blieb ein Geheimnis. Alle von *Arilson* importierten Affen waren tot, und Experimente mit anderen Tieren verboten sich aufgrund internationaler Verträge. Man hätte eine solche Testreihe als Versuch deuten können, eine biologische Waffe herzustellen.

Das Verlassen der Klinik war ein erhebender Moment. Ungefilterte Luft einzuatmen, Pflanzen und Natur nicht nur im Fernsehen oder aus dem dreizehnten Stockwerk zu betrachten, sich frei zu fühlen, war beinahe so, wie neugeboren zu werden.

Das Gefühl hielt genau eine Stunde an. Dann hatte ich zu Hause die Mahnungen sortiert und einen erschrekkenden Kontoauszug aus dem Druckautomaten gezogen.

»Und was hast du jetzt vor?« fragte ich.

»Och, ich hab mich für ein Studium eingeschrieben, Landschaftsarchitektur.«

»Schon was von deinem Prozeß gehört?«

»Nee, das Ermittlungsverfahren läuft noch. Unser Anwalt meint aber, daß wir mit einer Bewährungsstrafe davonkommen.«

»Das denke ich auch. Und was macht das Vegane Kommando Münsterland?«

»Das hat sich aufgelöst. Hat ja keinen Zweck mehr, die Bullen kennen ja jetzt unsere Namen. Sobald irgendwo etwas passiert, stehen die garantiert bei uns auf der Matte. Außerdem haben wir erreicht, was wir wollten.«

Ich hob fragend die Augenbrauen.

»*Arilson* importiert keine Affen mehr. Die haben den ganzen Geschäftszweig abgeschafft und das Affenhaus in Schapdetten dichtgemacht. Bei der Gelegenheit hat's auch gleich meinen Daddy erwischt.«

»Wieso?«

»Angeblich wär in seiner Gehaltsklasse keine andere Verwendung möglich. In Wirklichkeit haben sie ihn geschaßt, weil er meine Beteiligung an der Geschichte vertuschen wollte.«

»Dann ist er bestimmt sauer auf dich.«

»Nein, im Gegenteil. Wir verstehen uns mittlerweile prächtig. Ich glaube, er ist ganz froh, daß er den Job los ist. Und, irgendwie, verstehst du, hat er darunter gelitten, daß ich nicht mehr mit ihm geredet habe.«

»Verstehe ich«, sagte ich.

»Na, jetzt liest er sogar meine Bücher, und wir unterhalten uns über die Terrorherrschaft der Menschen über die anderen Tiere.«

Mario stellte unsere Bestellung auf dem kleinen Metalltisch ab, nicht ohne Franka unverschämt anzugrinsen. »Gelato di soia für die Signorina.«

Ich trank einen Schluck Kaffee durch den Strohhalm.

»Und wie ist es bei dir so?« erkundigte sich Franka.

»Der alte Trott: schnüffeln, observieren, verfolgen, Berichte schreiben, mich mit meiner Ex-Frau rumärgern.«

Dadurch, daß *Security Check* einen ganzen Monat lahmgelegt war, hatte sich die Geschäftslage natürlich nicht verbessert. Auf der anderen Seite war die Virus-Affäre durch alle Medien gegangen, was der Agentur, als erfreulicher Nebeneffekt, jede Menge PR einbrachte. Im Moment standen die Kunden Schlange, besser gesagt, konnte Aische gar nicht so schnell den Hörer abnehmen, wie potentielle Auftraggeber anriefen.

Auf einer neuerlichen Betriebsversammlung hatte Sigi verkündet, daß sich *Security Check* wieder aus dem Geschäft mit Wachdiensten zurückziehen würde. Es lägen genügend Aufträge vor, um die Detektei auszulasten, außerdem seien die gemachten Erfahrungen insgesamt eher unerfreulich gewesen. In einem Nebensatz erwähnte sie, daß sich besonders viele Anrufer nach mir erkundigen würden. Die Art und Weise, wie ich die Hälfte der im Münsterland versammelten Polizeikräfte zwei Tage lang an der Nase herumgeführt habe, sei der Agentur enorm zugute gekommen.

Gelassen lächelnd nahm ich das Lob entgegen. Max von Liebstock-Blumenberg konnte es sich nicht verkneifen, eine Bemerkung über unverschämtes Glück, das auch den Mittelmäßigen gelegentlich ereile, vom Stapel zu lassen. Souverän schweigend ließ ich die Tirade des Zwergs an meinem neugewonnenen Renommee abprallen, was ihn nur noch mehr aufregte.

Anschließend nutzte ich meine Position, um Sigi ein paar freie Tage abzuringen, an denen ich mich mit Sarah beschäftigte und tätige Wiedergutmachung für die begangene Vernachlässigung leistete. Doch auch das war inzwischen vorbei, die tägliche Knochenmühle der Detektivarbeit hatte mich zurück.

Ich erzählte Franka von meinem Plan, mich selbständig zu machen und eine eigene Detektei zu gründen.

»Brauchst du dann nicht freie Mitarbeiter? Ich meine, du kannst doch nicht alles selber machen, und während des Studiums muß ich mir sowieso den einen oder anderen Nebenjob suchen.«

Ich lutschte ein Stück Mokkaeis. »Das kann gefährlich werden.«

»Gefährlicher als das, was wir erlebt haben?«

Ich grinste. »Stimmt. Du hast ja Erfahrung mit kriminellen Aktivitäten. Sobald es soweit ist, werde ich an dich denken.«

Ein Motorradfahrer kurvte um die Kreuzkirche und hielt vor der Pizzeria, die sich schräg gegenüber der Eisdiele befand. Franka hatte ihn ebenfalls bemerkt und winkte kurz hinüber.

»Ich dachte, du hättest Christoph in die Wüste geschickt«, sagte ich enttäuscht.

»Hab ich ja auch. Das ist Mark-Stefan, mein neuer Freund.«

»Und schon wieder ein Motorradfahrer.«

»Ja, Motorradfahren find ich geil.« Sie lächelte stolz. »Er ist so schrecklich eifersüchtig. Ich hab ihm gesagt, er soll am Buddenturm warten.«

»Dabei hat er gar keinen Grund, auf einen Greis wie mich eifersüchtig zu sein.«

»Wer weiß.« Sie zeigte kurz ihre Zunge. »Auch Greise haben ihre Qualitäten.«

»Wenn es darum geht, den Enkeln an langen Winterabenden vor dem Kaminfeuer Geschichten vorzulesen.«

Sie stand auf, kam um den Tisch herum und gab mir einen Kuß auf die Wange. »Ich höre mir gern Geschichten am Kaminfeuer an.« Dann ging sie über die Straße und schwang sich auf den Soziussitz hinter Mark-Stefan, der mit röhrender Verachtung davondüste.

Ich sah ihr nach und schwelgte in Gedanken, die nicht unbedingt jugendfrei waren. Mario tauchte auf und sprach plötzlich wieder akzentfrei deutsch. Nachdem ich bezahlt hatte, schlenderte ich langsam über den Platz. Das halbe Kreuzviertel saß mal wieder auf der Straße. Karin Tietze-Ludwig, eine Studienrätin, die zwei Etagen über mir wohnte, bedachte mich mit einem halb spöttischen, halb abgeklärten Blick aus Augen, die trotz aller Cremes und Gurkenpackungen von zarten Faltenkränzen umgeben waren.

»War das deine neue Freundin oder eine Tochter aus früherer Ehe?«

Ich blieb stehen. »Was ist eigentlich aus dem jungen Mann geworden, mit dem ich dich vor zwei Monaten an der Promenade gesehen habe?«

Sie wurde blaß.

Krimis von Jürgen Kehrer II

Wilsberg und die Wiedertäufer
Der fünfte Wilsberg-Krimi
ISBN 3-89425-047-X DM 14,80
Das »Kommando Jan van Leiden« fordert vom Bischof eine halbe Million. Und Wilsberg soll Geldbote spielen.

Schuß und Gegenschuß
Der sechste Wilsberg-Krimi
ISBN 3-89425-051-8 DM 14,80
Wilsberg soll in einem Reality-TV-Film sich selbst spielen. Kurz nach Drehbeginn kommt es zu schweren Unfällen.

Spinozas Rache
ISBN 3-89425-058-5 DM 14,80
Tatort Amsterdamer Bibliothek: Eine alte Handschrift aus dem Umfeld des Philosophen Baruch Spinzoa verschwindet, und ein Konservator stirbt im Rotlichtmilieu.

Bären und Bullen
Der siebte Wilsberg-Krimi
ISBN 3-89425-065-8 DM 14,80
Wilsberg soll eine Entführung aufklären. Den Hintergrund hat ihm sein alter Kumpel Willi verschwiegen.

Das Kappenstein-Projekt
Der achte Wilsberg-Krimi
ISBN 3-89425-073-9 DM 14,80
In Münster geht ein Serienkiller um. Auch die grüne Stadtkämmerin fürchtet um ihr Leben - und engagiert Wilsberg als Leibwächter. Offensichtlich hängen die Morde mit dem Kappenstein-Projekt zusammen, einem geplanten gigantischen Vergnügungspark.

Das Schapdetten-Virus
Der neunte Wilsberg-Krimi
ISBN 3-89425-205-7 DM 14,80
Wilsberg bewacht 100 Affen, die für medizinische Experimente bestimmt sind. Nicht nurTierschützer interessieren sich für die putzigen Säugetiere.

grafit

azkehr20697.cdr5